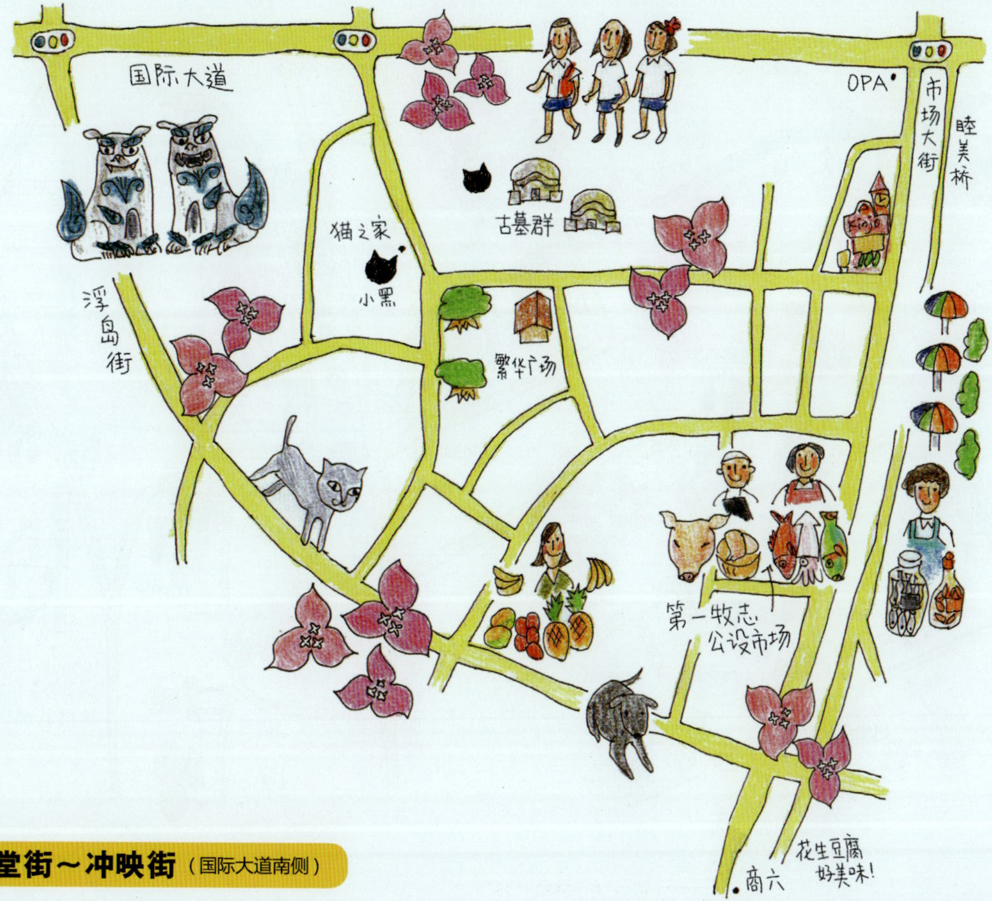

新天堂街～冲映街（国际大道南侧）

泊～新都心

销售新鲜鱼类的鲔泊
IYUMACHI
那霸 HARI
圣现寺
天久宫
泊外国人墓地
泊罗基诺食堂
泊高桥的石碑
国道58号线
Paradise Noir
Kiro弁
银摇头遗泊桥下质明寻之
船泊大楼
←TOMARIN
三叶草花丛
NHK电视台
黄金森林公园
BAR电台
泊大阿母祭台
泊北公园
泊南公园
泊散步道
向田小姐的家
IYUJI
玉菜食堂
巨大的榕树
崇元寺
崇元寺街
白猫在散步
安里川

[日] 仲村清司 著　沈叶菁 译

冲绳 和岛猫一起散步

将国际大道后面的古墓群当
做自己领地的守墓者 · 茶茶丸
(绿丘公园)

上海译文出版社

〈上〉流浪猫的圣地——天妇罗坡。左边没有建造住宅的斜坡部分是防空壕沟的遗迹（牧志三丁目）　〈右下〉腰部线条优美的牧志节子（壶屋一丁目）　〈左下〉樱坂街夜晚的警卫——黑夜骑士（牧志三丁目）

〈右上〉樱坂剧场前是假迈克尔的指挥所（牧志三丁目）　〈右中〉黄金道的母子一家（泊一丁目）
〈左上〉我喜屋的客人，壶屋的小政（壶屋一丁目）　〈右下〉参加猫咪集会的一群，最前面的是 Nora · Mucho，中间的是 Anita · Akisamiiyo，最后面的是天妇罗坡的偶像 Nastassja · Kinski
〈左下〉和平街毛巾店的招牌猫——小咪（牧志三丁目）

向田小姐的三张照片

〈左上〉早上看着窗外思考哲学是向田小姐每天必做的功课。　〈右上〉东方红的项圈是向田小姐的心头好。　〈下〉检查客厅里的插花。她是“猫坊八字流派”的宗家。

那霸街巷的猫咪地图

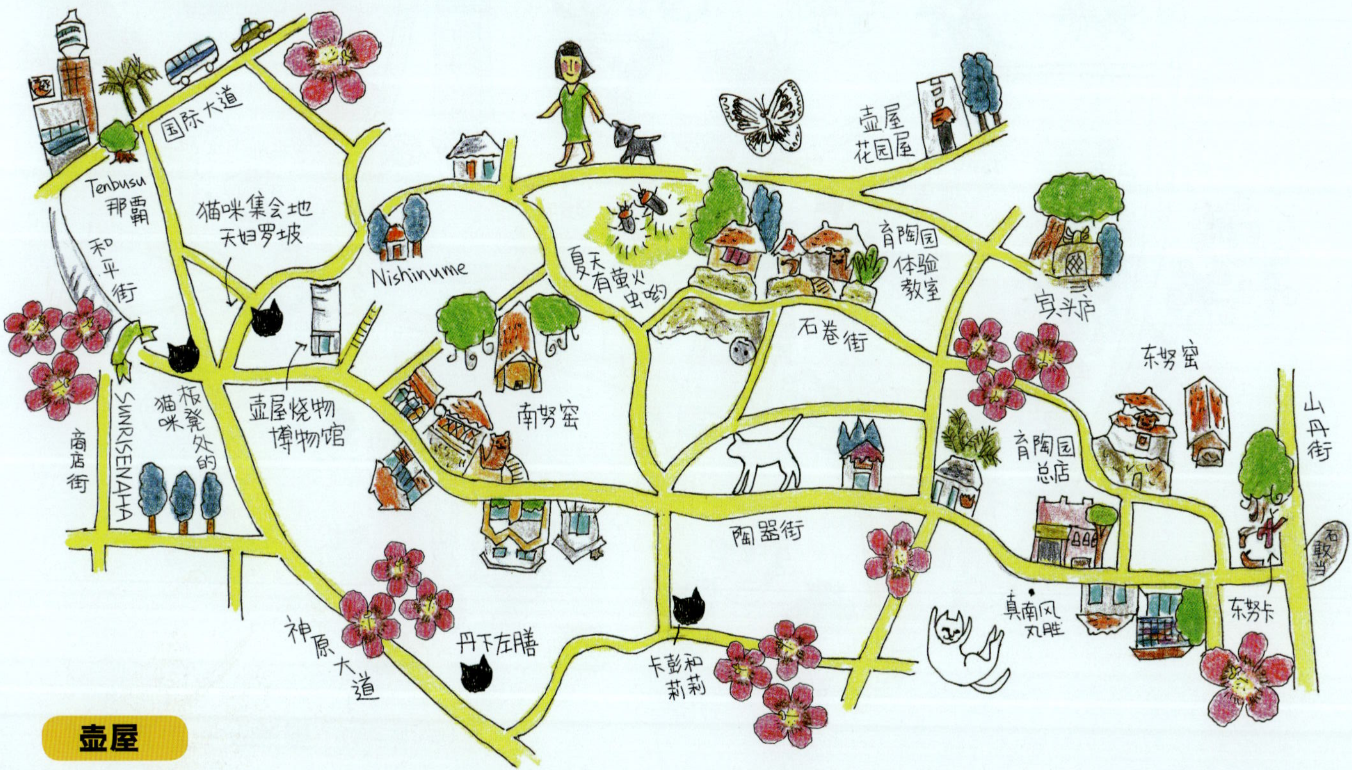

壶屋

新天堂街～冲映街（国际大道北侧）

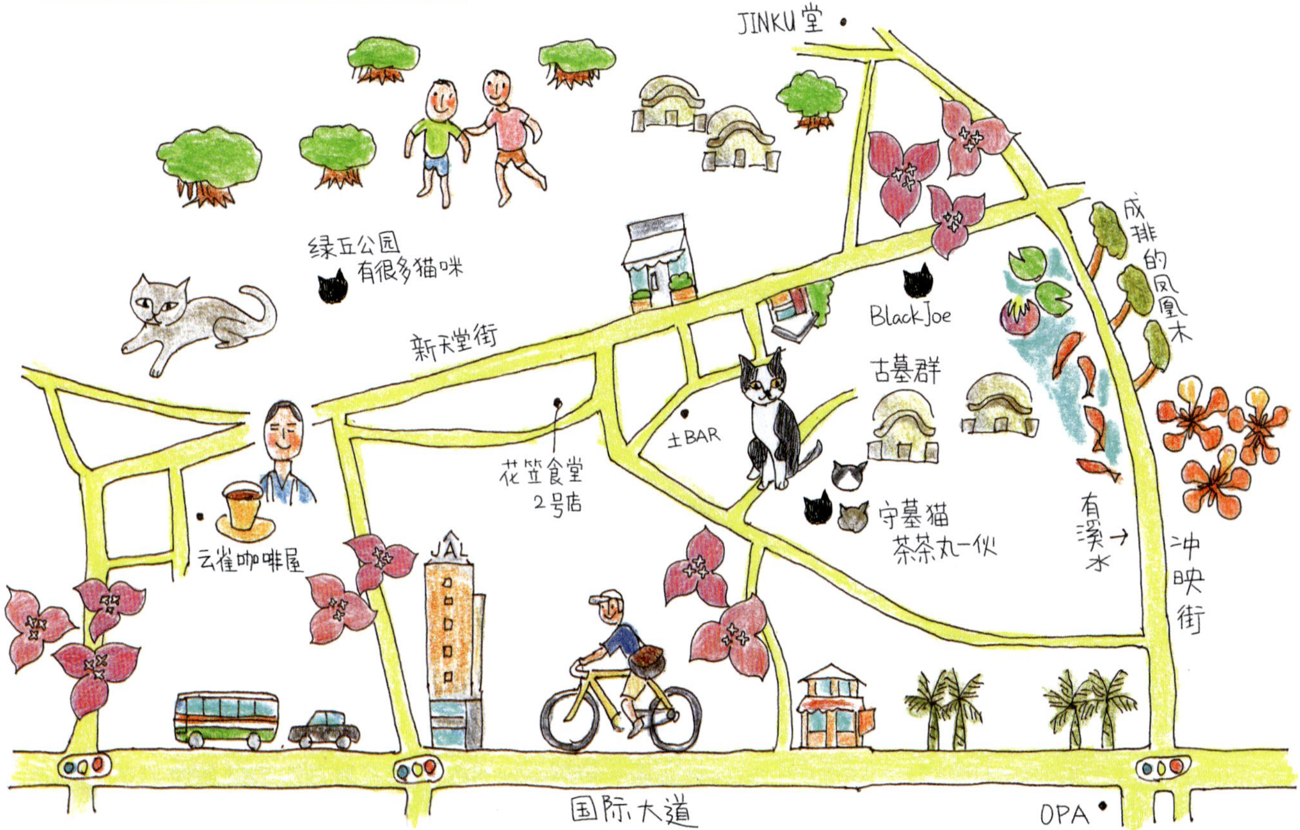

这是一首献给在羊肠小道邂逅的世间万物的赞歌
也是岛猫『向田小姐』与『我』的故事——

目录

那霸街巷的散步路线指南

*散步路线图所需时间仅供参考。

● 壶屋

这是那霸市内最古老的住宅区。区内有很多壶屋烧[1]的窑和陶器店。从陶器街开始有很多值得逛的地方。

【路线概要】

以壶屋烧博物馆为起点会比较方便。在博物馆内参观学习壶屋陶器相关的历史之后再逛的话，会让全程的散步变得更加有趣。在馆内入口处可以领取壶屋地区地图，十分方便。

逛完陶器街，过一条马路就进入了石卷街。中途有可以体验制作狮像的“育陶园”体验教室，对陶艺感兴趣的朋友请务必进去看看（体验教室需要预约）。走过石卷街就朝着宾头卢[2]的御岳[3]进发吧，一旦进入此地请抱着会迷路的决心尝试走进各处延展的分岔路看看。种植在壶屋花园屋旁的玉蕊值得参观。

散步路线的终点是天妇罗坡。从坡上走下来就到了壶屋烧博物馆的后面。从这里开始是和平街。在这里你可以和市集的招牌猫们打个招呼，也可以在神里原周边溜达溜达，走到名叫丹下左膳、卡彭和莉莉的小猫们在的村落里看看也可。这是一个不管走几次都不会厌倦的路线，请尽情享受散步的乐趣吧。

【猫咪景点】

这附近的所有道路和建筑物都是需要仔细观察的地点。在放着驱猫用的塑料瓶的公寓车库附近寻找是关键。

【散步路线】〈所需时间：大约 1 个半小时～2 个小时〉

壶屋烧博物馆（包括参观学习）→石卷街→宾头卢→附近小路→壶屋花园屋→天妇罗坡……神里原～牧志方向

● 新天堂街～冲映街

这里有岛猫能够自由出入的旧闹市，从旧闹市处延展开来的小巷深处是由古墓群组成的未知的世界。在这个区域你可以同时见识到两种景象。

【路线概要】

进入古墓群需从冲映街一侧的“Bambocher 国际大道牧志店[4]”的岔道处进入。进入岔道后一直向前行进一段路程之后，道路前方左侧有一方长满了苔藓的古墓和一小片田地。谁都不会想到在国际大道的后面会有这样一块迷宫，无论谁都会惊讶不已吧。

从小道尽头右拐有一片繁茂的杂木林。这片让人不禁丧失方向感的树海正下方正是古墓群的核心部。如此圣地不便打扰，我们看过就好。

沿途有许多条小道，无论沿着哪一条小道走最终都会通向新天堂街。时尚的咖啡店、杂货店、古早的饮食店，一边沿途欣赏着这些街边美景一边向西行进。值得关注的是这条街上的建筑物屋顶。红瓦、铁皮顶、水泥顶等齐齐演绎了战后那霸的建筑史。我们可以沿街一边前进一边品味。

欣赏完新天堂街的风情，沿街继续走可通往绿丘公园。公园里巨大的琉球石灰岩纪念石是岛猫们玩耍的天地。纪念石形成了一个小丘。爬上丘顶，顶上的座椅是把公园一带划作自己地盘的茶茶丸的休息地。这一带黄昏五点之后有猫咪集会。

【猫咪景点】

新天堂街的胡同，公园纪念石附近，以及公园北出口附近的民宅一带是十几只黑白猫聚集的区域。请瞄准上午和黄昏之后的时间段过去。

【散步路线】〈所需时间：大约 1 个半小时〉

冲映街→古墓群→新天堂街→绿丘公园……公园北出口出来沿河道走到

---

[1] 壶屋烧特指冲绳县那霸市壶屋地区以及读谷村等地方烧制的陶器。—— 译者注，以下同。

[2] 宾头卢，日文，ビンジュルグヮー。是日本冲绳县那霸市壶屋地区供奉守护当地土地和村落的神灵的地方。

[3] 御岳：即在冲绳民间被奉为神圣之森的地方。

[4] 商店日文原名为“バンボッシュ国際通り牧志店”，バンボッシュ源于法语 Bambocher，意为吃喝玩乐，寻欢作乐。

JUNKU 堂→单轨电车美荣桥站

☆ 穿梭在街头巷尾，来来又往往，偶尔在雅致的咖啡馆、复古的食堂歇歇脚，真是太惬意了。

● 浮岛街～市场大街

浮岛街连接国际大道到 SUNRISENAHA 商店街，长约 500 米。那些个连接着那霸首屈一指的观光景点和第一牧志公设市场周围的街道巷口，让我们一起探个究竟吧。

【路线概要】

以国际大道为起点，可以回到市场大街，也可以途经神里原地区达到壶屋一带。不要设定目的地，尝试穿梭在街道各处的拐角巷口，往返于各个胡同，以探险的心情散个步吧。

浮岛街值得注目的是它的建筑风格和商店的招牌。展现了战后工艺匠心的旧商店，时尚流行的服装店和杂货店，在这些店铺点缀之下的这条街适合各年龄层的人散步观光。在这里可以体验到有别于公设市场的古朴雅致的商店街情趣。

从市场大街到大平街一带是老奶奶们的宝地。岛猫们在商店街上悠闲地散着步，这是附近一带独有的风景。旅途可以边跟老奶奶们打打招呼，边观察观察那霸有名的岛猫。

【猫咪景点】

小巷胡同到处是岛猫们出没的道路。与和平街相邻的希望之丘公园也是岛猫们的圣地，请一定前往看看。请留意有些商店有自己的招牌猫。把大平街的五金店作为自己巢穴的达达，即使在白天也有很大的可能遇到它。

【散步路线】〈所需时间：大约 2 个小时〉

浮岛街（靠近国际大道一侧）→繁华广场→浮岛街→ SUNRISENAHA 商店街→市场大街……经过和平街到希望之丘公园，或者横穿 SUNRISENAHA 商店街从神里原到壶屋。

☆ 穿过 SUNRISENAHA 商店街到开南再通往农连市场的路线也很有趣。这条路线也是岛猫们群居的地方。

● 泊～新都心

泊曾经是首里王府[1]的直辖地。因历史渊源，此处有崇元寺石门、外国人公墓等各个历史遗迹。在此可与历史来个亲密接触。

【路线概要】

从崇元寺石门遗迹的正后方可以进入到泊地区的中心——黄金道。由东向西慢慢走，在靠近泊小学附近时向北穿过一条小道就走到泊散步道了。这是一条只有当地人知道的小道，两边房屋、树木鳞次栉比，幽静美丽。

从岔道进去周围是红瓦大宅和名门府邸，还有一些雅致的咖啡屋。一边回味着昔日泊的风情，一边穿过 NAHATERRACE 旅馆的背面来到黄金森林公园。这是向田小姐小时候经常玩耍的公园。公园满目的绿色清新得让人印象深刻。此处与新都心之间由高架桥直接相连。

在那霸海湾地区散步的话，可以将国道 58 号线上的船舶大楼 TOMARIN 作为起点，站在二楼连廊，整个泊港的风景尽收眼底，请一定顺路去看看。一边欣赏着左手边的泊大桥，一边可以从泊高桥处左拐来到泊港北岸。佩里准将上陆纪念碑[2]矗立的泊外国人公墓[3]就在离岛小船出发的码头正面。参观过后可顺道看看天久宫地下御岳、圣现寺。圣现寺内设有王朝时代的交易所——泊御殿。在这个曾是王国入口的地方四处走走，缅怀一下往昔吧。观光鱼市“泊 IYUMACHI”距离此处也很近。

---

[1] 首里王府为琉球王国的统治组织，也可称为琉球王府或中山王府。由国王领导，由辅佐国王的摄政和三司官组成的执政官三人作为中枢机关管理。

[2] 1853 年 7 月 8 日，美利坚合众国东印度舰队司令官 M.C.Perry 受命当时的美国总统米勒德·菲尔莫尔，率领水师来到浦贺冲，打破了日本闭关锁国的政策。此举被看作日本近代化的开始。纪念碑为纪念此举而立。

[3] 墓地里埋葬着 18、19 世纪来到冲绳的中国商人、法国传教士以及后来的美国军人。该公墓现被列为那霸市指定文化遗产。

【猫咪景点】

猫咪们群居在泊散步道附近和泊南公园、泊北公园。可以在海湾附近的泊港北岸和它周围的住宅区寻找它们的踪迹。

【散步路线】〈所需时间：大约 1 个半小时～ 2 个小时〉

〈黄金道附近〉崇元寺石门→黄金道→泊小学→泊散步道→黄金森林公园→新都心……冲绳县立博物馆・美术馆

☆ 如果时间充裕可以去县立博物馆琉球史开放展览馆看看，可以更充分地了解当地历史。

〈海湾地区〉TOMARIN →泊高桥→外町外国人公墓→天久宫・圣现寺→泊IYUMACHI……经过泊高桥通向黄金道、泊散步道方向

● 首里寒川街附近

这条散步路线往返于王朝时代国府所在的首里国都大道。可以在绿意盎然的首里城公园游玩，也可以在从外面大马路看不到的后巷庭院里散散步。

【路线概要】

从国际大道附近开始接连着的都是坡道。炎炎夏日的话爬起来颇为费劲。体力不是很好的朋友遇上酷暑日，还是选择坐公交车或者出租车去起点慈眼院（首里观音堂）比较合适。参拜过慈眼院正殿之后，先去院内深处的瞭望台欣赏一下那霸的街景。这里正是首里八景之一的万岁岭西端。从东海上的庆良间群岛到末吉宫的丘陵，风景尽收眼底，美不胜收。

看过美景之后从山门出来向左走。从此处开始延伸到守礼门的街道叫作寒川街，过去曾是连接绫门大道的一条街。走一小会儿之后就会到达“首里琉染”[1]，它位于奇幻的中山门附近，右前方是安国寺的山门。萨摩[2]的士兵队伍，佩里的舰队都曾列队行进走过这条街。一直延伸到守礼门的这段距离是绫门大道的核心区域。

---

[1] 首里琉染是一家可以体验冲绳琉球传统工艺——琉球传统红型印染法的店铺。

[2] 萨摩即萨摩藩，是江户时代大名领地之一，曾支配琉球王国。

沿路欣赏着首里城公园的城墙，以及道路两侧的弁财天堂、円觉寺遗迹，很快就来到了县立艺术大学前。正前方的民宅附近有两处可隐约看见一条小道，这正是小道后花园的入口。剩下的只要沿着小道走就行了。穿梭在民宅小道间，不一会儿就置身于花海之中了。

【猫咪景点】

在县立艺术大学附近的住宅区，以及穿过当藏十字路口之后，深处的小道和胡同内都可以发现岛猫。

【散步路线】〈所需时间：大约2个半小时～3个小时 ※以慈眼院作为起点〉

慈眼院→首里琉染（中山门遗迹的指南招牌）→首里高中（原县立一中）→安国寺→玉陵→守礼门→首里城公园→弁财天堂·円觉寺遗迹→县立艺术大学→小道后花园→当藏十字路口

☆ 小道后花园是居民住宅区，请轻声经过，同时也不要忘记和居民们打声招呼。

● 约会岛猫

新天堂街/绿丘公园除了有棕色虎皮猫、灰色虎皮猫、龟甲纹猫、三色猫等品种的日本猫之外，还有喜马拉雅猫、威尔士猫、波斯猫等混血类猫咪汇聚一堂，宛如猫咪博物馆一般。公园北面一带是黑白猫的天地，似乎都是同一家血统近亲。从成年猫咪到小猫咪一共十几只黑白猫聚集在一起的画面，让人印象深刻。

壶屋/天妇罗坡的话，一般来说三色猫居多，且绝大多数为母猫，在这里母系社会得以继承。到了坡上，灰色虎皮猫和咖啡色系虎皮猫会多一些。进到深处的小巷会遇见一家子白色猫咪。

牧志·浮岛街/这两个地区黑猫居多，长毛威尔士猫的混血也经常能看到。

神里原/这里也是黑猫比较多，时常能看到短腿苏格兰折耳猫和混血的暹罗猫。

天久·泊/灰色虎皮猫、龟甲纹猫、三色猫等日本猫是主流。

● 在胡同里散步时的规则

☆ 在街道、小巷的商店街散步遇到老奶奶要打招呼。

☆ 进入住宅区的时候要安静一些，也不要忘记打招呼。

☆ 不随便喂食。

☆ 给人和猫咪拍照的时候记得要先知会一声。

☆ 白天猫咪们多数都在睡觉，想看猫咪的话最好早上或者傍晚去。

☆ 酷暑季节做好防暑准备。帽子是必需品，水分补给也很重要。

☆ 即使没有目的性地闲逛散步也会非常有趣。咖啡店、小饭店等的介绍推荐请参照正文以及卷末。

序——出门靠猫咪，处世靠知遇

咱家是猫。名字嘛……还没有[1]。咱本想以此话开篇，不想本书作者已擅自替我取名“茶茶丸”。无非就因为作者他觉得咱是只圆咕隆咚的虎皮猫，就给起了这么个名儿。怎么听这名儿都像是个不出名的靠写文章混饭吃的家伙才想得出来的笨主意。

“猫如其名。嗯，取得不错。”他本人对此事似乎还颇为满意。

但话可得说在前头，咱可一点都不胖，体脂肪率才13%，身材姣好。顺便说一下，近几年来咱的中性脂肪数也一直保持在正常水平，痛风什么的和咱没半毛钱关系。所以说，如果你随随便便地把咱当成胖子，那咱可不依。只不过，习惯这玩意实在是可怕，只要那个写文章的家伙一叫“茶茶丸”，咱就情不自禁地摇起尾巴。就当咱是在用身体语言回应他吧。本来，那家伙就没试着给咱吃过一顿饭，咱也没这义务对他摇尾献媚什么的。只是，无奈咱这一族只要一被叫唤就会条件反射性地摇尾巴。更出乎意料的是，有时还会不自觉地发出“喵——”的声音回应对方。本能使然，这点咱是无能为力了。不知这是不是咱这一族无法彻底冷淡待人的业障。

也不知是不是咱的摇尾致意让那写文章的家伙心情大好，但凡遇见了咱他都会叫道“茶茶丸”。本应该默默无名度过此生的咱家就这么多了个“茶茶丸”的名号。这事先不说了，想来距离咱和那写文章的家伙相遇已是三年前的事了。

咱家的地盘在那霸市新天堂街入口的小胡同一带，附近皆是陈旧的墓地遗迹。因此，即使就在著名的那霸旅游街国际大道的正后方，此处在当地人之中也鲜少有人知道，几乎无人靠近。因为极少有外敌和入侵者走近，所以此处变成了野猫们的安全栖身之所。不巧，那写文章的家伙是个好事之人，初夏的那天，竟就莽撞地闯进了这个人人忌讳的墓地胡同。

这个对咱来说无疑是个麻烦的鲁莽闯入者打扮奇怪。本该背在后面的背包被抱在前面，而且，包拉链半开，里头还有个小动物露出了半个头，看起来就像袋鼠妈妈和袋鼠宝宝，浑身散发着一股来路不明的气息。以往如果遇到这种情况，咱早就迅速躲进树丛藏起来了。只是那一次，咱被那个奇怪的家伙吸引住了，就那么直直地站在了原地。定睛一看，在拉链缝里探头探脑的是只黑白斑纹的小猫咪。写文章的家伙停下来静静地观察着咱的态度。小猫咪也饶有兴趣地一边抽动着鼻子，一边睁大浑圆的眼睛好奇地看着咱家。

好可爱！小猫咪的眼睛上就像是画上了一条半月形的眼线，从眼头到眼角轻轻划过。明明还是只小猫咪却有着一股脱俗清丽的魅力，鼻尖左侧的黑点将这股韵味彰显得越发娇媚。她鼻尖的花纹仿佛是笔尖轻轻留下的一个墨点，有一股难以名状的魅惑。用冲绳方言来表达的话，她可真是只“美腻的猫”啊。

之后咱才知道这只小猫咪名叫“向田小姐”，果然是只母猫。至于为何会给她起一个人类的名字，那写文章的家伙后面会娓娓道来。

向田小姐现在是一只成年的猫咪了。原本的黑色猫毛变得更加艳丽，成长得越发妖艳俏丽了。咱可是在当时就看出她是个美猫坯

---

[1] 此句为日本著名近代作家夏目漱石的处女作《我是猫》的开头。

子的。不过，听说向田小姐还是一如既往的小孩子气。和外表不同，她的性格有些傲娇的大小姐脾气，但这点又恰恰吸引了那些公猫。

“你瞧，那淘气的模样该怎么说呢，和着那雅致的韵味，真让猫受不了！喵～”这些评价都是野猫之间的黑色幽默。对付这些好色的家伙，通常咱都会请他们吃拳头。“你们这群家伙，也不掂掂自己几斤几两！”

野猫和家猫本来生活的世界就不同。那些生活在温室里的花朵，定期检查身体，接种疫苗，有将近二十年的寿命。和他们不同，野猫生活在到处是细菌和螨虫的恶劣环境中。不止这些，野猫一旦经历严寒，营养不良，身体很快会变得衰弱。小猫崽们时常徘徊在生死边缘。母猫一胎能生四到五只小猫，能养活的最多不超过一两只，更多的还在小奶猫的时候就死了。像这样的小奶猫咱照看过不下几十只。也不知道这些小家伙是为了什么降临到这个世界上来的，真是可怜。

咱经常开导那些还年轻的猫仔们：“即便世态炎凉，身为野猫咱们没这闲工夫感叹自己的身世。”野猫的寿命最长长不过四五年，所以咱才要这样开导他们。咱家的岁数已然超过了这个年龄上限，也就是说，越是像咱这样成精的老猫，生命力越是旺盛，对生的希望也越贪婪执着。

就像人们习惯把暗地里做坏事的人叫作猫偷崽子一样[1]，咱家这一生混账度日。就咱这身份，想高攀上向田小姐这样遥不可

[1] 猫偷崽子：日文为“泥棒猫”，直译：小偷猫。原意指那些偷溜进别人家偷走食物的猫咪，后用来比喻偷鸡摸狗、暗地里做坏事的人。

及的千金大小姐也太不现实了。本来嘛，就算天地倒转，这份爱恋也没可能开花结果的。

“野猫的生活要讲究自己的分寸，凡事决不能掉以轻心。受了伤没有人会带你去卫生所的。”像这种教诲一般的说辞咱唠叨得不少。那些年轻气盛的家伙中间显然也有个别直言不讳的：“不管是野猫还是家猫，对方可有着让猫一见钟情的美貌。我们中间有些都是有家室的了，还是爱上了她……”

真是无药可救的家伙。但是怎么说呢，向田小姐也是个造孽的主啊。就像咱反复强调的那样，她容貌秀丽端庄。看到她那不谙世事、天真惹人爱的举止，也难怪那些公猫们会被迷得晕头转向。

原本，咱家喜欢的是成熟有魅力的母猫，所以对向田小姐也没怀抱着什么特殊的感情。然而，咱愿意像这样处处提到她无非也是因为她的出身。

向田小姐原本是一只流浪猫，被遗弃在写文章的家伙的朋友家门口，那个朋友收留了她，后来又被写文章的领养了。具体经过究竟是怎么一回事我不清楚。哎，故事慢慢听下去呗。

老实说，冲绳本来就是一个有很多流浪猫狗的地方。栖息在冲绳本岛北部山区的濒危动物——山原秧鸡因为咱家一族的捕食而濒临灭绝。这并不是因为原本就有野猫生存在那里的关系，这点我必须事先声明。

先不说原始时代的时候是怎样的，咱家一族原本属于家禽，专门用来消灭老鼠。从大约五千年之前开始由古代埃及人饲养。有段时间被尊为神兽或者女神，受人敬仰。众所周知，而今已沦为观赏动物被当做宠物饲养。

咱家一族在奈良初期来到日本，同佛教一同从中国传到日本。据说是为了防止经书被老鼠啃食而带上船的。但听说冲绳原本并没有猫咪栖息于此，是被后世日本本岛的人带来的。

简单来说，就是那些出于某些原因被人类遗弃的流浪猫最终变成了野猫。野猫之间互相交配导致野猫变得更多。倘若追究身世的话，恐怕咱家也是同样的来历。又或者可能是放养的家猫和野猫生下的小猫咪被遗弃变成野猫。不管是哪种来历，野猫都是被人类遗弃的猫咪野生演变过来的。即使是这种来历的猫也有自己生存的权力。肚子饿了管它是自然文化纪念物还是什么，就算是山原秧鸡也照样吃。总而言之，野猫如果不一心想着生存的话，一只都活不下去。

可人类并不理解这些，说什么猫害，怪咱乱吃东西，最后竟说咱猫咪是他们的敌人。要咱来说的话，没有比人类更自私的存在了。生物圈被破坏是人类闯出来的祸，哪来的道理说猫咪的是是非非。捕食的猫咪很可怜，被捕食的濒危动物也很可怜。追根溯源，“人类才是濒危动物的敌人”，这才是事实。

那些由于战争、灾害失去家园，生活困苦又被国家抛弃的人叫作“弃民”。流浪猫也是一个道理，是被自私自利的人类社会所抛弃的弃民。直到现在，公园里还是经常有连带着纸板箱一起被遗弃的可怜兮兮的小猫咪。向田小姐多半也是这样的弃民。等苏醒过来的时候，已经和另外一只猫咪一起被遗弃在某户人家的屋前，“喵——喵——”叫着。

幸运的是被遗弃的地点碰巧住着谅解流浪猫的人家。虽然那人已经有一只家猫了，但还是收留了向田小姐，并且交给写文章的家伙收养了。

哎，这样的故事比比皆是。只是，这个故事有些许不同。事实上，向田小姐是在千钧一发之际被救了的。实际情况是，和向田小姐一起被遗弃的小猫至今音讯全无。之后的故事写文章的家伙会慢慢道来。总之因为那场戏剧性的、决定命运的事件，向田小姐最终没有沦为流浪猫。不仅如此，还被收养起来过上了不愁吃穿的日子。

看起来一切仿佛皆因偶然。可咱坚信事实并非如此，世间万事没有一件是偶然发生的。世事皆有因果。

那时候写文章的家伙自己都不知何时会放弃自己，而向田小姐被抛弃在一个生命无从保障的地方。同样看不到明日希望的一猫一人，像是冥冥中注定一般相遇了。共同开辟未来的故事就这样开始了。只能说这一切都是冥冥之中自有安排。

“天无绝人之路”，如果说这世上真的有神明的话，上天一定是授命向田小姐要活下去，又授命写文章的家伙留住她的性命，养育她。

究竟是何种原因让上天做出这样巧妙的安排呢？读了这个故事答案自然会揭晓。

那么，让我们把故事倒回三年前的春天。写文章的家伙走进了壶屋小道，游手好闲地在如同迷宫般的胡同里闲逛着。小巷沿路人家的家门前，向田小姐正和另一只小猫扭打嬉闹，一上一下交叠在一起。

那一日，春日的阳光轻轻地落在繁茂的绿色福木落叶上。就这样在众多流浪猫之间中选的向田小姐和写文章的家伙相遇了……

那一刻，咱家似乎隐约听到了上天的声音。

第一章……岛猫街道春光灿烂、港口小镇闲情逸致

壶屋附近

2010年4月3日，春意盎然，我走在那霸的老街上。亚热带的阳光散落在蜿蜒的小胡同里，气候仿佛已是初夏。通往朋友家的树木也是一片新绿，显得格外鲜艳夺目。我和相亲的对象约好了在那里见面。不过在故事开始前，我想先简单地介绍下自己。

我是个土生土长的大阪人，在京都读完大学，工作之后一直生活在东京。然后，就在马上要进入不惑之年的第三十八个年头，我竟然迷失了人生前进的方向，突然搬到了冲绳县那霸市。

我父母都是冲绳县出身，所以我与这个小岛也有些渊源。但这并不是我下决心搬到冲绳来的理由。回想那会儿，当时连工作都没有着落就那么贸贸然地从住惯了的东京逃了出来，只能说那时的突然行为是自己一时脑热。

一晃，十几年过去了，不知不觉到了知天命的年纪。没想，就在天命前一年，四十九岁的时候闹出了离婚的事。顺便说一下，我并没有马上领取养老金而是将其延后了几年。然而，从社会制度方面来说，我已然到了必须考虑老后生活的初老年龄。

总而言之，人生每逢关键期，我必有轻佻浮夸之举。以此类推，在时下这种世态之下，恐怕今后我也没什么可能再找到一份稳定的工作了。

本来嘛，现如今所谓作家无非就是个挂着的高调名号，倘若无处鬻文也就是个浑浑噩噩的失业者。换言之，写文章的都只不过是些随时可能失去工作的失业者预备军。基本上，在这个社会里我就算是没什么用的那类人了。就经历而言，也只能是个默默度过一生、碌碌无为的中年男人。但世事难料，这相亲的好事忽然间就自己找上门来了，恍如晴天霹雳一般突然。

早前自己并不觉得孤苦，可离婚后两年，心境骤变，越来越觉得一个人睡觉寂寞，冷清。说这话并没有什么放荡的意思。我家是三室一厅的公寓房，对于一个无依无靠的男人来说这空间太大了。老实说，我每天绝大部分时间都在一间六个榻榻米[1]大小的和式房间里度过，其他的房间都变成了不开启的房间。在这样的房子里，白天，蜷在里边默默打发时间；夜晚，长夜漫漫苦闷得睡不着，简直就是现代版的蛰居屏息[2]。

这样的日子持续一段时间后，连每天是星期几都分不清了。等缓过神来发现自己已经一个多星期没与人交谈过了。这样冷清的日子让人不禁害怕到发抖，那种状态让人忍不住想用双手捂住耳朵躲避起来，就像爱德华·蒙克的画作《呐喊》一样。

这种日子就和谚语“杀人何须用刀”[3]所说的一样，只要陷入无聊、寂寞的境地便能体会到那种痛苦。那时候，我深刻地体

---

[1] 日本传统榻榻米的大小一般长 180 厘米，宽 90 厘米，面积 1.62 平方米。
[2] 蛰居屏息指呆在家里关禁闭，是江户时代对官员、武士的一种刑罚。
[3] 原文：人を殺すにゃ刃物はいらぬ。整句为：人を殺すにゃ刃物はいらぬ、雨の三日も降ればよい。意为：杀人何须用刀，只要连下三天雨就够了。指小工、摊贩、船夫等下雨天就做不了生意的人，最怕连日下雨没了生计。

验到了人类的心理是如何在那种环境之下陷入压抑的。这样的境遇让我不由地重新领会到了家庭温暖的重要性。我深切地觉察到“我想要个伴儿……”，即使这话听起来有点懦弱。

可喜的是没多久真的有人来替我说媒了。——原来我也是奇货可居啊！对于一个颓废至极的中年男子，这绝对是个千载难逢的机会。虽然有点对不起对方，但在听到消息的那一刻，“船到桥头自然直”“雪中送炭”“天上掉馅饼”等一个个词不断地浮现在我的脑海里。

就这样，我厚着脸皮恬不知耻地跑去给我说媒的朋友家。那是一个好日子，晴空万里，风和日丽，一副美妙如画的样子。我清楚地感受到了上苍的意思，感觉到了它投向我的红绳。

什么？想知道关键的相亲怎么样了？那简直是天赐良缘啊。从头到尾都极为顺利，我仿佛看到了出云[1]的神明们冲我微笑。

当天心情实在是太好了，我忍不住把这事写到了社交网站上。下面这段是我当时写的内容：

> 虽有些难以启齿，但我还是决心向大家坦白。昨天，年纪一大把却还不懂事的我去相亲了。
>
> 虽然事出突然，但我早就想有缘就找个伴儿了，所以这次我抱着破釜沉舟的决心豁出去了。

[1] 此处指出云大社，位于日本岛根县出云市的一座知名神社，是日本最古老的神社之一，供奉着被称为国中第一灵神的“大国主大神”。据说每年的“神无月”（10月），全日本的800万神灵都聚集到此进行神议。

对方是名流家的养女，年龄也比我小很多，实在是我这种上了年纪又贫穷的人高攀不起的类型。这让我一时半会儿充满了担忧。

幸好对方不是在意这些的人。我们畅怀欢谈了一个小时。对方虽然有些冒失，但从头到脚散发着高贵的气质，一头漂亮的黑发和一双长腿让人印象十分深刻。

“都一把年纪了还出来相亲？”或许有人会觉得很惊讶。这一点我自己也非常清楚。但是，替我说媒的人告诉我对方对我的印象挺好的，劝我一定要试试看。于是，我决定认真交往看看。

话说，这段内容写出来后引起了一阵轩然大波。但我想先把话题转移到相亲前两天，即，2010 年 4 月 1 日的夜晚。

当时我在荣町市场的“老爹居酒屋”里喝着啤酒。那一日，是我时隔两年有新书开始接受预订的大日子。话虽如此，却没有人替我庆祝。宅在家里心里也不踏实，于是去了很久没有去的熟悉的小酒家。店内只有一个吧台，地方十分狭小，所以都没什么客人光顾。店主池田哲也看起来颇为无聊。

“明明要出新书了，却躲在这种偏僻的小店里一个人喝闷酒，这样好吗？”隔着吧台池田君多嘴地说道。池田君是从大阪搬过来的，有着关西人固有的话唠毛病，常这样自言自语地和客人聊天。当然，这么说并不是瞧不起他，算是种“嘲弄”吧，就是毒舌地吐个槽，调戏调戏的程度。再说，我自己也是大阪人，并不讨厌这种嘲来嘲去的交流方式。

“谁叫我两年都没有出书了呢，早就被人彻底遗忘了。像我这种人就适合这种偏僻的小店啦。”我如是应答道，却被自己说出来的“被人彻底遗忘”的字眼震惊到了。不由地想起了民歌歌手加川良专辑里的一首歌——《镇静剂》。

这首歌以悲伤的旋律开篇，歌词是堀口大学翻译的法国女画家玛丽·洛朗桑的诗歌。“比无聊的女人更可怜的是可悲的女人，比可悲的女人更可怜的是不幸的女人……”歌词将可怜的女人以递进式一一列举出来，按顺序分别是“不幸的女人”“生病的女人”“被遗弃的女人”“无依无靠的女人”“被流放的女人”“死掉的女人”，诗歌的最后以一句“比起死掉的女人更可怜的是被遗忘的女人”收尾。

一般人们都会觉得再怎样生者总不会有比死去更悲伤的事了，但现实社会情况并不见得是这样。把诗歌里“女人”一词统换成“人”细想一下就能明白。就如“孤独死”“孤立死”等社会现象一样，有许多人因无人照料、与世隔绝等原因而暴毙家中，这些人在活着的时候就已经被他人遗忘。悲哀的是人即便活着，可在他被世间所遗忘的那一刻起他就等同于死亡了。与此相比起来，“无缘社会”[1]“弃民社会”[2]这些字眼都显得那么苍白无力。

究竟从何时起时代演变得如此荒唐？这个社会的生态圈变化

---

[1] 无缘社会指现代单身人数剧增，与家人、社会关系渐行渐远，甚至彻底崩坏的一种社会现象。该词源于2010年NHK的电视节目。

[2] 弃民社会指不受国家政府的政策所保护，被其遗弃的一种现象。

已经发展到了让人绝望的地步，到了不得不沉思反省的程度。这就是现代日本社会的现实。

当我将这番话说给池田君听的时候，他深切地感叹道："这么说来，我俩也难免面临孤独死的结局呢。"事实上是这样子，这些话并不是些事不关己的风凉话。说起来站在吧台对面和我说话的池田君也是一个人。我自己也是，符合歌词中所描述的好几个情况。特别像我这种拿笔的人宅在家里工作的情况比较多，经常过着连续多日与世隔绝的日子。如果在那种状态下，突然脑中风或者心肌梗塞的话……夜晚有时难免胡思乱想。如果现实里真发生了这样的事情，那么池田君所说的事态也将变成现实。

"养只宠物就好了嘛，"池田君突然说道，外加附送了句多余的话，"也就只有猫猫狗狗会搭理那些被全世界遗忘的人。"

这种事情不说我也明白。这事我之前也不是没有考虑过，养只宠物的话无聊的单身生活多少能多些慰藉。"呃……嗯……"我含糊地将话题带过。

其实我对动物并无挑剔。从小时候开始，狗、猫、甲鱼、巴西乌龟、金鱼、热带鱼、鸡、文鸟、白腰文鸟、仓鼠、白鼠，连壁虎和厕所的蟋蟀都照料过。所以养动物本身并没有问题，只是我平时常因采访、出差等不在家中，这期间谁来照顾它们呢？如果有家人在的话自然好解决。可我只有一个人，没想到单身引起的问题，覆盖面可以如此之广。

明明有这么多复杂的情况，可池田君偏偏无视这些接二连三地问道："仲村先生喜欢狗还是猫呀？"

“比起猫狗更喜欢母的人类。”

“都是被世间遗忘的男人了还说这些不切实际的……我喜欢狗哦。”

“不管是狗还是猫，要养的话我一定要养母的。看到有大东西的家伙在面前晃，我可是会胆怯的，啊哈哈。”

“还是狗更可爱，怎么说都是狗好些！”

池田君会如此坚持的理由我也懂。“老爹居酒屋”原本是从久米地区搬过来的，当时店里养着一只拉布拉多寻回猎犬。池田君从自己名字里取了一个字替狗取名为“哲”。这只叫哲的狗非常聪明，与人亲近，没养多久就人气急剧上升，当时有不少客人是冲着哲来的。

可是，打从要搬来荣町市场，他就通过朋友将爱犬转让给了新主人。拉布拉多寻回猎犬是大型犬类，成年之后体重能达到三十公斤以上，在这间几平方米大的居住兼营业的店铺里养它实在是有点困难。或者说在充满生鲜食材的店里养这样的狗本身就有问题。把爱犬送人的理由他自己一直不愿提起，新主人方面的消息也始终不明确。假如对方不说的话，我也不方便问。中间究竟发生了些什么，事后我也不曾问过。不管怎样，那应该是一个苦涩的选择，一定是在万分悲痛中下的决心。

我选择转移话题：“话说，都说给猫金钱[1]是对牛弹琴，不

---

[1] 原文：猫にコバン。直译为：给猫金钱。日语中将给猫金钱比喻为，把高价的东西给那些不懂价值的人也没用，引申为对牛弹琴。

知道给狗点钱是不是也一样？”

“又来了，净说些有的没的……”他一边愕然地回答道，一边和我侃了起来，“都说夫妇吵架连狗都不愿搭理，不知道猫愿不愿意理睬呢？”“都把驼背叫作猫背，为什么不叫狗背呢？”聊的净是些无聊至极的话题。

酒友直子小姐在我们谈到正高兴的时候走了进来。她虽然有三十岁了，但看起来还很年轻，平时为人活泼，是某名门家的美女。不管长发、短发，亮丽的发丝都梳得清爽整齐，让人印象深刻，无论从哪个角度看都很有气质。不过，酒量很好的直子小姐有个奇怪的酒癖，那就是一旦碰到了酒精，不管身在何处都会兴致勃勃地跳起轻快的舞蹈。可即便是喝醉了，她也会注意自己的言语措辞，绝不会跑题，是个很会说话，同时也很善于聆听别人话语的人。年纪不大，却已将“壶屋花园屋”这个按周出租的公寓经营管理得有声有色了。

我叫她坐到身旁来，她一脸微笑恭谨地坐下。“恭喜您！”她如是说道，祝贺我的新书出版。——似乎我勉强还未被人彻底遗忘。

直子是个温柔的女人。不知是不是她那种哪怕委屈自己也愿意去帮助他人的为人，使她周身散发出一种温暖的气质。

“不好意思，我是想谈谈这些小家伙的事……”她突然打开手机展示道。

“嗯……？”

手机里的画面很神奇，两只身体长长的小动物在漆黑的夜晚像壁虎一样紧紧地扒在窗的内侧。画面里下面的那只前后四只脚呈八字状趴开，仿佛随时都能起飞一样；画面上部的另一只下肢微微张开，倒挂在那里。因为是从腹部的角度拍的照片，所以脸看不清楚，前者看得到有像耳朵一样的东西。我虽然不懂日本小飞鼠和白颊鼯鼠的区别，但画面里看起来是这样的，只是看不见它们最大的特征——前后肢之间的翼膜。

“倒挂在那里的是新品种的蝙蝠吗？”

在我胡思乱想之际，直子小姐问了个着实让我感到意外的问题：“想饲养看看吗？”直子小姐个性率直，她双眼凝神地看着我的脸，“你愿意成为这些小家伙们的养父吗？”

“什么？！”我惊讶地感叹道，之后再没有说出一句话。很巧，又是个关于宠物的话题。

一般受人所托我都不太会拒绝，更何况是直子小姐的委托，我可不能把事情弄糟了。可话虽如此，客厅里夜行动物飞来飞去，房间里蝙蝠倒挂在天花板上什么的我可受不了。本来，它们就是野生动物，以动物保护精神来讲，将这样的动物养在三室一厅的公寓房里也不好吧。我苦苦思忖着该如何回答。

“很可爱吧？是关系很好的姐妹猫呢。”

“猫？”

我从正怜爱地看着照片的直子小姐手里抢过手机，再定睛一看，确实是两只小猫把身体拉直了仰面露肚皮的样子。但要是不说的话，真看不出来，根本就是张看不到猫咪四肢的失焦照片。还有，为什么猫咪能像壁虎一样黏在玻璃上呢？

“照片里可能看不清楚，窗子对面是落地窗的纱窗。一到晚上，猫咪们总会爬到纱窗上哀求道：‘拜托啦，让我们到房间里去吧。好不好吗，求求你放我们进去。’这已经完全变成它们的拿手绝活了。真是太可爱了！”直子小姐如是回答道，并开始说起这两只猫的身世。

两个月之前，小猫咪仿佛是从天上掉下的一样，突然出现在她管理的壶屋花园屋的大门正前方。而且，像是特意到访一般，两只猫轻轻地挨在一起。

当然，不可能真是从天而降的，这对姐妹猫是被遗弃在那里的。被当作建筑名使用的“壶屋”是那霸市的中心地区，比邻繁华的牧志地区，那里有国际大道与和平街。但是，钻进壶屋的后巷，人迹就会急剧减少，即便是白天也像湖底那般安静。壶屋花园屋就建在这样的小路上。在冲绳，人们将这样的小路称为“SUJIGWA”。“SUJI”写成汉字是“筋”，“GWA”套用汉字的话是“小”，字义同形意指小路或者小巷。也就是说，这种羊肠小道最能避人耳目地丢弃猫咪了。

在说具体经过之前，先大致陈述下壶屋的情况。

壶屋街道历史悠久，源头可追溯到王朝时代。一六八二年，根据王府的命令从知花窑（现为冲绳市知花）、宝口窑（现为那霸市首里）、涌田窑（现为那霸市泉崎）等窑场将陶瓷工艺聚集到牧志村的南部，也就是现在的壶屋。窑场统合形成村落，直到现在很多窑户依然窑火不断，旺盛地继续燃烧着。

不断重复开发的那霸市现如今已看不见昔日的面貌，能从缝隙间勉强窥得受损前的冲绳面貌的，也就只有壶屋了。因壶屋烧而闻名的陶器街上有冲绳县指定文化遗产的阶梯窑“南努窑”（冲绳方言念作：FENUKAMA）、国家指定重要文化遗产的“新垣家·东努窑”（冲绳方言念作：AGARINUKAMA，2009 年因大雨而崩塌，现在正在修复中）等观光景点。周围的石壁像龙一样蜿蜒曲折，进一步延伸出来的古道、小巷形成了一个天然的迷宫。加上红瓦白墙的名门府邸，编织成了一幅南方小岛传统的风景画。

或许因为没怎么受到战争的波及，被樱坂社交街、神里原街等闹市所包围的这一带街区在战后迅速复苏。壶屋连接着闹市区的一侧开满了饮食店，算是一个被小酒馆包围的文化区。但由于这一带道路错综复杂，壶屋和其他地区的交界线究竟在哪里我到现在也没有弄清楚。总之这一带都是小胡同，偶尔钻进车子开不进去的小道，还能偶遇昭和风情的景色。

酒吧、酒馆气氛糜烂，大白天空气中仍然弥漫着一股酒气，加之小胡同深处散发出的消毒剂的刺激性气味……过午之后的酒家风景如同电影布景一般，而与这样的风景最匹配的莫过于野猫们了。此处也不例外。猫咪们时而懒散地睡午觉，时而在街上散步，从壶屋到牧志地区这已是一道风景线了。

那两只姐妹猫恐怕也是在这些流浪猫生存的地方降生的。要锁定出生地的话，最有可能的是离壶屋花园屋不远的樱坂社交街，或者其附近。但小猫咪们被扔掉的时候毛发已发育得很好，与人也比较亲近，有可能之前有谁照料过它们。如果是这样的

壶屋地区是一个能够欣赏到纯正冲绳风情的绿色街区，不经意间就能遇见这样的景色。

这是在壶屋散步时经常顺道去的『育陶园』的园艺道场。
道场背面的院子是岛猫们睡午觉的地方。

话，也有可能是放养的猫咪生了它们。说不定之前给它们喂食的人因为某些原因不能再照看它们了，于是就将它们放到了这里。

壶屋花园屋周围由五十坪的庭园所包围。庭园里亚热带特有的庭园植物繁盛茂密，有树龄三百年的福木、西印度樱桃树、香蕉树、艳山红和木瓜树，还有只在夏天夜晚开花的玉蕊等。满地的蕨菜像是要铺满整块地皮一样蔓延开来，有许多处小动物们可以藏身的草丛。在绿地、草丛越来越少的那霸市街头，只有这里空气静谧，得以孕育生命。花园屋玄关前的旧马路宽度只够车辆勉强通过，所以除了授权能在日常生活主干道上开的车子，其他车子是不能开进来的。对小猫咪们来说，这无疑是一个很安全的地方。照看过这对姐妹猫的那个人一定熟悉这儿的环境，才将它们放在这里的吧。

那时候小猫咪差不多两个月大，还没到断奶期，既没法自己觅食，也无力抵抗风雨。如果不是被及时解救了，后果必定不堪设想。

直子小姐当即救了它俩，把它们带到屋内喂它们吃东西，设好通道方便它们在屋子和庭院之间进出。小猫咪们也立刻和直子小姐亲近了起来，在前院和大厅里玩耍。但是，这给直子小姐带来了大麻烦。

直子小姐养了一只快六岁的名叫小花的猫咪。小花原本也是只流浪猫，从它只有手掌般大的时候起直子小姐就收养了它，如今已是等同于家人一般的存在。

猫咪通常会划两个领地，一个生活的领地和一个捕猎的领地。生活领地是它睡觉吃饭的生活圈，不允许其他猫咪入侵。如果有外来者入侵它的地盘，它们会激烈地打斗、抨击对方，甚至

利用自行车轮胎磨爪子，岛猫们既强壮又聪明。

到流血的地步。另一方面，捕猎领地是野猫们独有的地盘，范围在半径几十米到五百米之间，是多只猫咪共同狩猎的地方。在城市里的话，人类倒在外面的剩饭残羹也在它们的狩猎范围内。它们不光在捕猎领地里吃饭，也会在里边巡逻提防入侵者。如果多了个新来的，那每只猫分配到的食物就少了。

总而言之，两只小猫咪在建筑物内吃饭玩耍的地方是小花的生活领地。自然地，领地受到侵犯的小花对小猫咪们施加威胁，冲着它们嘶吼。可直子小姐又不能把两只小猫咪散养在外面。前面就陈述过了，壶屋野猫很多，建筑物周围很自然的就是它们的狩猎地盘。如果两只小猫咪在那附近闲逛的话，说不定会被当做入侵者受到攻击。

事态变得非常紧急。如果不尽快找到收养它们的人，小猫们很可能会受到伤害，小花也因为新家伙的到来整日感到压力很大。有时候家猫在家里找不到可以放松的地方的话，就会离家出走。

作为临时的处置办法，只要小花在屋内过夜，直子小姐就把小猫们带到庭院里。但已经黏上直子小姐的小猫咪们总是不停地“喵——喵——”叫着求她放它们进去。不知不觉这对姐妹猫就学会了扒在落地窗上不停地请求进屋。

手机里的照片拍下的正是那一刻的场景。也就是说，在直子小姐开始寻找收养人差不多一个月左右的时候碰巧遇到了我。而且，碰巧遇上我正被池田君戏弄说像我这样被世间遗忘的男人可以考虑养个宠物。

那一刻我清楚地感受到了我的使命。果真，我被选中做小猫们的养父了。

听完故事始末的池田君一边用力点着头一边信口说道："这不是好事嘛！虽然我是狗狗一派的。"

"考虑得怎么样了……"直子小姐也逼问道。

"呃……"

刚才我已经说了，就算我想养宠物我的情况也不允许我养。可话又说回来，听到这样可怜又可爱的事情谁又忍心拒绝呢？何况又是真心祝贺我新书出版的直子小姐本人的请求。

"穷鼠啮狸"不成，反倒"穷鼠养狸"起来了[1]，这时候我不由地想起了这样的大叔式冷笑话。一定是因为我前额叶的几千个脑细胞坏死，一部分下视丘层超越临界点爆掉了。

"小猫们真的很可爱呢。"直子小姐一边露出治愈的微笑，一边乘胜追击道。

"嗯……"

小猫怎么可能不可爱呢？我又想到了个冷笑话，"投珠与猫"不成，变成了"与猫问安"[2]。这恐怕是我想要从现场摆脱出来的变相行为。一定是我的大脑再次超过思维临界点，脑细胞彻底坏掉了。正如任何一家公司定会秘而不宣自己公司濒临临界状态一样，这个世界的现状就是这样。坦白说，因为是单身，所以不在家的

[1] 原文：窮鼠猫を噛む。意思是穷鼠啮狸，无路可逃的老鼠也会咬猫。此处作者故意将"穷鼠啮狸"说成"穷鼠养狸"（窮鼠猫を飼う）。"咬"和"养"日文发音相近，是作者利用文字游戏开的玩笑。

[2] 日文"猫にコバン（投珠与猫）"和"猫にコンバンワ（与猫问安）"谐音。

时候照看不了宠物什么的种种理由都是次要的原因。更重要的原因是，我对猫咪有一种特殊的宠爱之情，对小猫咪的话更甚。

这是我的秘密。我一看到宠物商店橱窗里睡着的小猫咪就整个人都不好了。我会“嗯嗯”“乖乖”“哦，真是个乖孩子”这样一边逗着它们一边喜笑颜开，还会一边噘嘴逗猫咪，一边用手指敲打玻璃窗，整个人变成一个奇怪的猫痴。用三段论来说就是“无法冷静地面对小猫→沉迷其中→最终对工作造成不良影响”。根据我长年的自我习性研究，我坚持“与小猫保持距离，避免直接接触”的铁则，并一路实践过来。

诚恳地说，我是想养的，但坚持多年的不可侵犯的铁则阻挡在我面前——老年维特的烦恼[1]越发恼人了。到底该怎么办呢？怎么办才好呢？

“呜……”

露着肚皮扒在落地窗上的姐妹猫照片浮上脑海。两只小猫咪的壁虎秀——可爱！实在是太可爱了！被选中的我内心万分纠结。它们可爱的模样不断吞噬着我，眼看就要抵挡不住发出挣扎的声音的时候，我不由地替自己解围道：“总之，先当相亲见个面吧，也要看看它们的意愿。”

直子小姐一听立刻喜笑颜开，欢呼了起来。

“我觉得这是件大好事，虽然我还是喜欢狗更多一点……”池田君下结论道。

---

[1] 仿效德国著名诗人歌德的小说名字《少年维特的烦恼》。

天妇罗坡

本书故事的舞台大多在胡同小道。因为这些地方原本就不起眼，所以有很多地名和道路名就连当地人也不知道，有些地方由于近几年的开发已经完全变了样。所以，叙述相亲的事情之前，请允许我先唠叨一下街道的概况。

可能会出乎大家的意料，其实那霸的街道多起伏。市区的东北面边界群山环绕，首里城向东约合一公里处的弁岳山海拔大约有一百六十六米高，是中南部最高的山脉，据说昔日曾被当做航海坐标。市区街道里台地和崖地也不少，接连的坡道使街区地势上下起伏。这就是为什么那霸市内鲜少能看见自行车的原因。

壶屋地区也是个多坡道的街区。如今街道到处是商业大楼和住宅楼，使得原本的台地地形变得很难分辨。但根据书上说，过去“纵观壶屋，整个区域被玉米田包围，地势略高，如城池一般”（《那霸今昔焦点》，冲绳文教出版社）。

壶屋花园屋坐落的壶屋一丁目也是个建在坡顶上的小区，从单轨电车牧志站沿路的分叉小道望出去就能清晰地看到。沿小道走几步就会遇上陡坡，细长的街道蜿蜒曲折。连接国际大道的小路也有一个小小的斜坡，道路的名字就叫“樱坡中路”。现在这条路已经拓宽，还从路中间开通了一条通往都是民族手工艺品和陶器工房的陶器街。城市开发的脚步一直延伸到壶屋这个保持着冲绳往日风情的老街区。这一带算是比较具有代表

樱坂附近新开通的道路。
岛猫们等到夜晚交通量减少了才会出来。

传说只要假迈克尔喵呜一叫就会下雨。
拍摄地点：天妇罗坡附近的樱坂剧场前。

性的地区了。新的道路与那霸观光中心地和平街交错，连接着主干道山丹路，是一条迂回曲折的路线。

另一方面，被誉为那霸内厅的樱坂社交街失去了昔日的风光。由于道路拓宽，临界的希望之丘公园一部分被区划开，区划内的店铺也全部搬走了。那里变成空地之后，没有了建筑物的遮挡，从国际大道就可以看到整条霓虹街。没有了隔开前街和后巷的遮挡物，街道的风情、趣味也随之一并消失了。人流的方向也发生了变化。以前我常去樱坂逛，但现在已经很少弯过去了。那霸最繁华的闹市如今日渐冷清、访客骤减，与十年前的风光相比简直大相径庭。因此，那些勉强还保留着昔日光景的地方，令我恋恋不能忘怀。

在壶屋博物馆后面有一条新开的小路，是条又窄又急的上坡路，与陶器街交错。极窄极不起眼的这条马路实际上还通往壶屋一丁目。坡道下面有山崖地层突起，看起来有点痛，但又有一丝古味。事实上，因为它与商业地牧志相连，所以从以前开始就是条车来人往的要道。这个坡并没有正式的名字，不知何时起，人们开始管它叫作天妇罗坡。传说是因为战后复兴时期坡上开了一家很小的天妇罗店。

冲绳的天妇罗和日本本岛的天妇罗概念大不相同。外皮偏厚，内馅用的是便宜的鱿鱼、山芋、鱼类，一个卖五十至六十日元，当地人把它当做零食来吃。你可以把它想像成是冲绳版的外带快餐。

冲绳人非常喜爱天妇罗。战争刚结束那会儿弄不到食用油的冲绳人，曾一度用机械油炸来吃，不知道天妇罗坡上的天妇罗店是不是也是那么做的。这算是一个体现经济复苏时期冲绳人坚韧生存的趣闻吧。

那个时期的商店很久很久以前就看不到了。我搬到那霸来的时候这儿也是一片静谧，仿佛时间停止了一般。不过，最近坡上新开了一家天妇罗店，使这儿变成了名副其实的天妇罗坡。

我来到了天妇罗坡。

从以前开始我就喜欢在这个坡上漫不经心地散步。白天，我会在观光完和平街和市场大街之后来到这个坡，在樱坂喝上一杯之后再下坡回家。这算是我很熟悉的一条小道。平时只是这么随意地来回上下漫步，就让我对这条坡道有了一种特殊的感情，忍不住地想接触接触它。

这里红日西坠、暮色苍茫的时候也很美。此时，坡道中途的天妇罗店前猫咪们开始聚集。没错，这里是附近一带的野猫们的广场。

天妇罗坡全长不过五十米左右。右侧大弯道上去的坡顶是壶屋第一的野猫集团，俗称“我喜屋一家”支配的地盘。再往前的小道是把壶屋花园屋周边划作自家狩猎地盘的另一个集团的领地。所以，把坡底到坡道中段这个狭小区域圈地为营的猫咪们会在天妇罗坡上聚会。

猫咪原本是一种喜欢单独行动的动物，但是，对于共享剩饭残羹等觅食区和栖息区的野猫们来说这很难做到。为了不让自己的领地受到侵犯它们必须结盟。特意聚集在一起是为了彼此确认公共地盘的可共享者。当然，到了甜蜜的恋爱季节时，这也成就了它们邂逅彼此的机会。

从傍晚到晚上这段时间猫咪们彼此见面。这个时间段里，一边是人们在附近的酒家里聊得热火朝天，而另一边，天妇罗坡也变成了猫咪们的社交街。不过猫咪们也不喧闹，更不玩耍，它们只是乖乖地在那里一动不动。如果你问我这样的聚会哪里好玩，我也不知道该怎么回答。只不过，对于喜欢猫咪的人来说，没什么比这场面更吸引人了。

顺便一提，我自认懂点猫语，所以遇到这种场面，我会同野猫们交谈，采访它们。

常来天妇罗坡上聚会的猫咪有五到六只。虽然和其他地盘的比起来数量有点少，但在“不侵犯、不争吵、融洽相处”的宗旨之下，同伴们在集团统治体制下彼此交好，与邻近领地的团体建立了友好的外交关系。这与近来为了主权占有而不断对立冲突的人类截然不同。

这个团体的特征是大家都很漂亮。“路茨来自秘鲁，听说是移民利马的冲绳人回乡省亲时带回来的。然后，上上一代的祖先和冲绳的猫咪混血生下的就是我，因为家里的种种事情，我离家出走了。”自称是南美系三世的三色猫Anita · Akisamiiyo讲述道。Anita是一只拥有令人神魂颠倒的丰腴臀线的猫咪。她喜欢说谎，所以你可不能盲目相信她的话。她的表姐妹Nora · Mucho也有一副完美身材，深刻的轮廓加上异国风情的脸庞，令公猫们神魂颠倒，纷纷为之献上食物。Nastassja · Kinski的被毛是茶色与白色相间的，茶色中稍带如同金发一般的黄色。它是一只长毛猫，从颈部到胸前的毛发厚重优雅，浑身散发着雅致的气质，很难想像它是只野猫。“我的兴趣是梳洗打扮，长长的毛发不精心打理容易弄脏，尾巴尤其需要精心护理。”她骄傲地说道。谁都不输谁的美猫聚会简直就是场选美大赛。

这三只猫白天也不跑远，常在集会场地打瞌睡。话说回来，随便散个步中途就能遇到如此值得一看的猫咪们，这是何等奢侈的事情啊。

我看了看停在坡道中途的车的底盘，发现 Nora 正在睡午觉，Nastassja 正在认真地整理毛发。我走在岁月优游的天妇罗坡上，回想起了当时相亲的情景。

前文说到我在社交网站上写下了相亲的经过，没想到这段信息竟惹来了一场轩然大波，看了留言的人竟都把我的玩笑话当真了。大家是觉得我有多适合去相亲啊。

大家以为我的相亲对象是人类的女性，从全国各地纷纷送来祝福和评语。我挑选一部分给大家看看。

> “恭喜！真是令人高兴的事情呢。连我都感受到了这份温暖呢。”（札幌居民）
>
> “读了您的日记感到很激动。请不要说自己一把年纪了还不懂事这样的话。人生会发生什么真是无法预料呢，心情仿佛一下子回到春天了呢。”（东京居民）
>
> “如此好消息，真是可喜可贺。春日烂漫噻～”（东京居民）

“哇塞～～～！这可真是恭喜恭喜啊。到时候记得介绍一下哦。”（青森居民）

从留言回复就可以看出大家是有多当真了。

可话说回来，我也没写什么虚假的内容。本来嘛，我们彼此没见过面，更重要的是不知道彼此处不处得来。就算我愿意相处，如果猫咪不愿意的话，那也等于没缘分啊。猫咪是一种感官很敏锐的动物，它能立刻感觉到自己与对方是否合得来。所以，整件事自始至终我都是抱着相亲的态度去见面的。

我只不过是在留言中把猫咪诙谐地称为“对方”“对方那位”，这就造成了骚动，而且骚动并不仅止于社交网站上。不知道为什么连学生时代的朋友都知道了。“新婚旅行的时候请务必到寒舍坐坐”，事态大条到都收到结婚祝福邮件的程度了。“这个剧情的发展真是不容易啊。”那时候我还有心情继续开玩笑。

直到一个住在那霸的女性给我打电话的时候，我才真正意识到再这样闹下去我必定会失去社会信用。

“我一直很担心你，但是看了你的留言我安心了。遇到这么好的人真是太好了……”对方是原来的同事，她在电话那头极其用情地真心祝福我，不断重复说道：“真是太好了！”

看来世人觉得我很缺乏幸福感，想到这个事实就觉得可怕。但事态已发展到这个地步了，在自怜自哀之前必须先得把这个事情给解决掉。

次日，我在社交网络上对自己写下招致各方误会的留言一事郑重道歉，向大家清楚地坦白了事情的真相，并附上了小猫咪们的近照。

大量留言接踵而至。

> “我百分之两千的相信了！你说对方是个年轻又有品味的女性，我还使劲琢磨会是怎样一个人呢。不过，小猫咪实在太可爱了，果然还是要恭喜你呢！”（札幌居民）
>
> “不管怎样，先恭喜你相亲成功。果然对象又年轻又可爱呢。邂逅好的对象和年龄没有关系啦，一切都是缘分。”（那霸居民）

留言内容都是些温暖人心的评语，没有一个人责难事情的始末。真是幸运，一个拿笔杆的家伙明明引发了一场骚动，却被宽大的读者所救，得以延续作家的生命。

接着来说说在社交网站上迷倒了众读者的这两只猫咪。

相亲当日，我在约定的时间准时到达了壶屋花园屋。正门旁边茎叶茂盛的玉蕊长出了绿色的新芽。

“真是风和日丽的一天呢。猫咪们等很久了哦。”直子小姐在前院嫣然微笑着出来迎接我。

“在那边。”我顺着她手指的方向看向大厅深处，果然有两只小猫咪在互相嬉闹。

黑白斑点猫（以下简称黑白）和白底淡咖啡色夹杂灰色的条纹猫（以下简称淡咖啡），是两只身长二十厘米的小家伙。虽然两只毛色不同，但都有一双圆圆的眼睛，鼻头圆润，鼻梁高挺。因为脸还很小显得耳朵特别大，这份不和谐感使她们越发可爱。

她俩漂亮得非笔墨言辞所能形容。四肢的长度和许多猫咪明显不同，修长身体下的纤细前足真是漂亮，让人不禁幻想她们是不是女演员或者模特什么的。

一见倾心的我遵循着相亲的规矩先向小猫咪们打了个招呼："你好！我不太习惯这样的场合，所以有些紧张。还请多多指教。"

可两只小猫完全没有要停止嬉闹的意思，看都不看我一眼，完全忽视我迫不及待的样子，玩着她们的职业摔跤赛游戏。

"嘿，小猫咪们！注意看这边哦。"直子小姐将两只小猫咪的注意力拉向这边说道，"相亲的对象到了哦。"

果然养母的声音还是能分辨出来的，姐妹俩回过神来停止了打斗。刚以为她俩朝我瞄了我一眼，不想黑白后腿一蹬"嗖——"地一下从我面前穿过，淡咖啡也紧随其后猛地跟了上去。

正担心会不会就这样跑到正门外头去了，她们却突然跳起来调转方向，全力冲回大厅，在墙角又掉头以捕猎的姿势再次冲向正门方向。她俩这是切换到了野生时期遗留下来的捕猎模式了吧，异常激动地重复追逐着。我有个朋友把猫咪的这种状态叫作"猫林匹克"。真是形容得太妙了！

我的眼前只留下一道道急速的人影，不对，是猫影。

其实，那一天我有个神奈川县的朋友 K 女士碰巧来冲绳玩，就陪我一起来相亲了。她在老家养了只狗，狗狗派的她很喜欢动物，所以那天就特意陪我一起去了。这对我来说真是求之不得。包括人类在内，我已经很久没有和雌性动物有过肉体接触了，事实上，我已经完全不懂该如何招呼女生了。而K女士应该很懂得怎样和动物相处，她们又同是雌性动物。

在去之前我有设想过把猫姐妹抱在胸前爱抚的场景。我还打算请教她自己应该用多少力度抚摸猫咪哪个部位，又有哪些地方是摸不得的。可是这样下去我根本没有机会抱到或者碰到她们。不管谁都看得出来，眼下的我被相亲对象完全无视掉了呢。

两只猫咪互相追逐跳跃，一边饶有兴趣地玩着摔跤赛一边到处跑来跑去。

“小猫们真是UUMAKUU呢……”直子小姐苦笑着解围道。

UUMAKUU是“顽皮”的冲绳说法。虽然她嘴上这么说，可似乎心里觉得猫咪们这样很可爱，一直用温柔的眼神看着小猫们。

K女士似乎也被可爱的小猫咪们迷倒了，一边拿出手机专心致志地拍照，一边不断地感叹：“呀——好可爱！”“太可爱了！”

最后，两只猫对放在大厅角落的铝制洒水壶产生了兴趣。一开始小心翼翼地用鼻子嗅啊嗅，淡咖啡拉直背从装水的口向里窥探，后来因为身体惯性向前倾倒整个钻了进去。正好塞进洒水壶的淡咖啡身体转了个向，从装水口里把脑袋探了出来。猫咪非常喜欢狭窄和黑暗的地方，因为这样可以保护它们不受到敌人的伤害，就像野生时期它们习惯把岩石和树木的洞当做床一样，这也算是它们野生时期留下的习惯吧。

“喵——”

黑白也想进去，作势就往里跳。“我也要进去！”黑白拼命地挤着，为了把淡咖啡从壶里刨出来，右肢迅速来回地往壶里勾。后脑勺和脖子受到攻击的淡咖啡再也忍不住了，探出上半身用左右肢应战。但是她没能抵挡住黑白执着的攻击，被赶了出去。趁那个空隙，黑白把自己的小身体塞进洒水壶中。当然，淡咖啡也并没有输。洒水壶口争夺战攻、防、夺、还，不间断地重复着。

这两只的姿态萌得让人发狂，简直无法用文字来表达。我陶醉地呆看着她们，嘴巴半张的样子一定很不雅观。

那个时候我就暗暗下定决心，哪怕用偷的我也要养她们！可是另一方面我还是很纠结，要我一次收容两只猫咪实在是有点力不从心。我已经多年没有养过宠物了，也从没同时饲养过多个宠物，自己身体又抱恙……理由有许许多多。如果养两只的话，噪音也是一个问题。叫声就不说了，要是嘶叫着跑来跑去互相追逐的话，那家里肯定是要闹翻天的啊。

我住的公寓虽然可以养宠物，但毕竟是综合住宅楼，叫声、噪音有可能造成邻里矛盾。另外还有我出门采访、出差时的应对措施也是个问题。如果只养一只的话，或许还会有人愿意帮忙照料，要是一次两只的话，愿意代为照料的人可就难找了。

然而比起上面这些理由，最严重的问题还是自己这爱猫如痴的毛病。

小说家浅田次郎先生在他的著作里写过“我就是猫”，其实我也同他一样。整理毛发就不说了，磨爪子，有逗猫棒在面前晃就会情不自禁地伸出手去抓来玩，一被骂耳朵就会耷拉下来，这些都是我源自猫咪的习惯。当然，我的头发是猫毛[1]，舌头是猫舌[2]，虽然没给别人看过，但其实我也有尾巴（或许有？）。怕是我本来应该是投胎为猫咪的，后来阴错阳差地投胎做了人。

如上所述，这些都是我天生的习惯。猫咪们似乎更清楚地知道我的本来面目，一般它们看见我就会主动靠近我。果然，那一天也是这样。

直子小姐给两只小猫咪喂过食物之后她们就安静了。淡咖啡走到正坐在大厅椅子上的我这边，一边吸鼻子嗅啊嗅，一边露出了“啊呀？”的惊讶表情。

她似乎觉察出了我的伴装。我问她：“你明白了？”她微微点头，然后猛得跃起抓住我的牛仔裤裤脚，伸出爪子像壁虎一样灵巧地爬到我身上。黑白非常惊讶地看着淡咖啡的行为，看来黑白的性格可能比较谨慎。

淡咖啡接下来的动作极其迅速，爬到膝盖处后，跳上我的上臂爬到右肩，一气呵成。随后从背后转移到左肩，又回到右肩，一直徘徊在我的头颈旁边不肯离开。看着此番景象的黑白似乎也

[1] 日语里把发质柔软、发丝细密的头发称为“猫毛”。
[2] 就像猫咪吃不了烫的食物一样，日语里，吃不了高温食物的人的舌头被形容为“猫舌”。

终于意识到我的真面目，学着淡咖啡的样子跳到我的牛仔裤上，我还来不及惊讶就已经爬到我肩膀上了。我身体胸部以上的部分成了她们的游戏场。虽然猫爪掐到肉里有些痛，但是我很乐于体会与同族之间直接接触的喜悦。

但愿我可以替两只猫咪舔舔，整理毛发。但是，要是在直子小姐和K女士面前暴露出真面目的话，以后可是会出问题的，必须忍耐。

据个人推测，始终保持戒备心没有松懈的黑白是姐姐，淡咖啡立马就在我身上蹭啊蹭的举止，符合当妹妹的奔放个性。

话说回来，猫咪们实在是太可爱了。如果这么可爱的小家伙有两只在我身边，那我一定会加入她们从早嬉闹到晚，很明显无法正常工作。可是，如果只收养其中一只的话就等于是要拆散这对感情很好的姐妹。而且，直子小姐还要继续替剩下的那只找养父母。在寻找的这段时间内，家猫小花还是会继续压力很大。

可我只能狠下心来。将情况说明清楚之后我表示如果可以只选一只的话我愿意负责任地收养，并向直子小姐发誓，如果一旦收养了小猫，我不会把她当宠物养，而是把她作为自己一生的伴侣。不是当作自己的孩子，而是当作妻子一般照顾。

直子小姐似乎也隐隐察觉到了我的心意。沉默几秒之后，她重新振作了起来。“小猫若能嫁到你家，一定会很幸福。真是万分感谢。”直子小姐一边目光闪烁，一边极力微笑着说道。

从壶屋花园屋眺望壶屋和牧志地区。
眼下的这块地方是岛猫们的栖息地。

泊头

春天来了。

我闪婚了。新娘在相亲后的第四天嫁到我家。

作为新娘婚房的我家在泊地区。大泊、寺泊，全国各地皆有名字里带“泊”字的地方。“泊”等于古语里的“埠”，也就是港口码头的意思。那霸的泊地区也是，不远处就有一个泊港。

从陶瓷镇嫁到这样一个港口小镇来的新娘是……黑白。

最终选择黑白不是因为她可爱，也不是因为她的毛发颜色，或是因为她更与人亲近。其实两只都很可爱，我对猫毛的颜色也没有特别的讲究。要说不认生的话，爱撒娇的淡咖啡更喜欢与人亲近，看起来更好养一些。事实上，淡咖啡一直黏着我，对我很有好感，每一个动作举止都很惹人怜爱。可是，设想一下，如果有这么一只可爱到含在嘴里都怕她化掉的小猫咪在身边的话，我铁定连工作和个人财产通通抛在脑后，把精力全都投放到她身上去了。

虽然我和黑白也马上熟络了起来，但和淡咖啡比起来黑白的性格更成熟一些，感觉她对我也还保留了一些余地。她谨慎的个性或许可以使我俩保持一个适度的距离相处。如果非要说的话，就是这个原因让我选择了黑白。

不管怎样这是经过一番深思熟虑之后才作出的决定。可这也改变不了我拆散了感情甚好的俩姐妹的事实。

猫咪们在小的时候通过互相舔舐来增进兄弟姐妹之间的感

情。突然失去一直以来亲密接触的小伙伴，不知道黑白和淡咖啡会不会感到寂寞，会不会变得神经质。总感觉自己做了一件错事，从相亲日那天起我始终放不下这个结。

怀抱着这样不安的心情我迎来了小猫出嫁的日子。

那一天，黑白刚接种过三联疫苗，做过分泌物和耳癣检查，她被放在一个小箱子里送到我家。直子小姐在客厅一把箱子打开，里头的新娘就跳了出来。不知道是不是因为来到了个全新的地方，她似乎很在意周围的气味。在十二个榻榻米大的地板上来来回回地仔细嗅闻着。看上去没有在怕，也不像是因为淡咖啡不在而感到寂寞的样子。她无视我和直子小姐的存在，在好奇心的驱使下自顾自地活动着。

她似乎在圈划地盘。猫咪习惯用自己皮脂腺里分泌出的气味来划地盘，把脸和侧腹贴上去磨蹭的行为代表那个地方让它们感到安心，或者对它们来说是一个很有感情的地方。同时这也是一个主张自己领地的行为。

“向田小姐似乎挺满意的呢。”直子小姐安心地说道。

给黑白起名为“向田小姐”的是我。这不是一个很适合猫咪的名字，估计全日本都找不到一只与她同名的猫咪。向田小姐的名字源于作家向田邦子。从学生时代起我就熟读她的作品，近乎到痴迷的程度。很多人都知道向田老师非常喜欢猫。她与爱宠克拉特猫“马米奥”以及其他宠物猫的互动，被描绘在她的作品中，如今仍如传说一般为人津津乐道。

在向田老师的随笔里有这样一段文字：

夜晚女人的头发会变得冰冷而沉重。难以入眠的夏夜，也就发际线的皮肤处会出汗，女人的臀部和头发永远都是清爽冰冷的。即便不是这样，很早以前，夜晚一片漆黑，人们在朦胧的月光下仅凭指尖和气味谈着恋爱。只要在道具和个人表现上花点心思，绝大多数的女人都能变成美女。

收录于《无名假名姓名簿》（文春文库出版社）中的《黑发》一节

这段文字表达带有向田老师比较少有的、性感黏腻的写作味道。在我读到这段话之前，我都不知道原来女人的头发可以有如此细腻的触感和温度，可以如此有质感。对于她的敏锐洞察力我佩服得五体投地。在看到黑白有光泽的黑色猫毛时，我没由来的就想起了这段话。

向田老师是一个五官标致的美人，一头美丽的黑发让人印象深刻，向田老师这样的形象和黑白的形象交叠。或许在心中的某一处，我希望把与猫为伴的向田邦子老师与小猫咪联系在一起吧。总之，就因为这样一个牵强的理由，从那天起黑白就成了“向田小姐”。

另一边，直子小姐替淡咖啡起名为“典子”。本来无名氏的姐妹猫就这样开始了各自的人生，啊不是，是猫生。而我们的故事还停留在向田小姐嫁过来的那一天。

向田小姐嫁过来的嫁妆里有在壶屋花园屋里使用过的箱形厕所、厕所清洁用的除味粉、七升的猫砂和脱水猫粮。其中，猫砂和脱水猫粮是向田小姐喜爱的指定品牌。作为老公的我奉献出了一只仿真老鼠玩具，一只用天然兔毛做成的大拇指大小的老鼠玩偶。向田小姐一看到玩具就猛然扑了过来，用前脚踢着玩具开始拼命玩耍。踢了又扑，扑了又踢，她仿佛像在玩足球一样在客厅里到处跑。后来这个“大和喵子足球”[1]游戏成了向田小姐最中意的游戏项目。

在向田小姐玩得不亦乐乎的间隙，直子小姐迅速地在浴室置衣处把猫用厕所放好。听到猫砂声音的向田小姐又开始吸着鼻子在厕所附近嗅啊嗅的。

向田小姐扒了好几下猫砂，做出要上厕所的姿势。

“她会自己上厕所哦。”

厕所是猫咪自身气味最强的地方，所以也是它们的领地中最重要的地方。但如果不好好教导，有些猫就会随地大小便。听闻向田小姐在直子小姐家中接受过淑女应有的家教，所以从未出现过随地大小便的情况。果然，即使在新家也很快适应了。

上完小号的向田小姐迅速跳出厕所，一会儿和玩具小老鼠玩追逐游戏，一会儿专心地检查与客厅相连的和式房间里的坐垫和矮桌。那样子十分可爱。直子小姐笑眯眯地看着她，眼神充满怜爱。

---

[1] 原文：なでしこニャパン。取于日本女子足球队的昵称“なでしこジャパン（抚子 JAPAN）”的谐音。なでしこ原意为一种植物，后常用于形容外柔内刚的日本女性。

“终于明白女儿出嫁时母亲的心情了。我先告辞了，请你好好宠爱向田小姐。”

“一定会！既然已经迎娶了她，就绝不会劈腿，也不会让她过得不好。就算我以后再婚，人类的新娘也只是侧室罢了。我会把向田小姐当正妻亲手培养的。”我发誓道。同时，心中暗暗下定决心，一定要连带典子的份一起，尽一切可能地爱护她。

直子小姐回去的时候，我在玄关处把向田小姐抱在怀中。这是我第一次把她抱在怀里，虽然她很轻，轻到几乎感觉不到重量，但是我感觉得到她小小的身躯底下蕴藏着的旺盛生命力。

小猫咪浑圆的眼睛直直地注视着直子小姐。

“典子的事情你就放心吧。你自己要幸福哦。再见！”直子小姐温柔地摸着向田小姐的下巴道别，双眼热泪盈眶。

就剩下我和向田小姐独处了。她跳进和式房间，隔着赏雪障子眺望外面。我的公寓在九楼，所以拉开障子可以很清楚地看到天空。向田小姐在障子一角蹭来蹭去，想必挺中意和式房间。平时我把和式房间当起居室用，晚上在里边铺好被子当寝室，除了工作，其他时间几乎都在里边度过。向田小姐钟爱这个房间对我来说也是件好事。

“向田小姐。”我坐在坐垫上叫道。她明明应该还没有记住自己的名字却迅速地转过头来，露出一副“什么事？”的表情。

我之所以在她的名字里加了“小姐”这两个字，是因为我不想因为她是只猫就把她当身份卑微的人对待，应该尊重她的人格，不对，是猫格。我既不是她的饲主，也不是她的丈夫，是跟她一起生活的男人。正因为是伙伴关系，所以我才不直呼名讳，而是称呼她为向田小姐以表尊重。

我将上述事情大致向向田小姐说明了一下。可屁股那边总觉得不太舒服，坐垫所坐之处有种很奇怪的温热感。

“嗯？这是什么……”

我抬起屁股手往上面一摸，摸到了一坨黏糊糊的东西。

“呃呃呃呃，这，这是！”

我不小心坐在了向田小姐刚刚做过坏事的东西上。我赶忙起身，没想到这次脚又滑了一下。脚底板传来一阵温热的温度，黏在屁股和脚底板上的那坨东西已经被压得一塌糊涂了。

“向，向田小姐，淑女可不应该做出这种事情啊……”我一质问她，她就开始舔自己的左脚。就和人类犯了错习惯性挠头一样，这是猫咪们在困扰时常做的动作。看她一副充满歉意的样子，我也不忍心责备她，而且今天还是她搬来新家的第一天，这种时候反过来安慰她才是男人成熟的表现。

“没关系啦，反正来日方长。总之，我们彼此慢慢一起变幸福吧。”

向田小姐重新坐正身子，轻轻地“喵——”了一声。

第一次的公物破坏事件的牺牲者有坐垫、牛仔裤、袜子和短裤。为了她的名誉，我要申明一下，这样失态的事情在此前此后一共就发生了这么一次。事后我才知道她那天失态的原因。原来接种三联疫苗之后禁止剧烈运动，而那天打完针之后，向田小姐一直在玩“大和喵子足球”游戏，到处跑来跑去的，一定是因为这样所以拉稀了。

接着说洞房初夜的故事。

在津津有味地享用过晚餐之后，向田小姐整理起了自己的猫毛。我以为她准备睡了，没想到她跑进和式房间，吸着鼻子用力地闻着我用来当晚饭的胡萝卜拌鸡蛋。这是一道将胡萝卜细丝煸炒之后和蛋液搅拌在一起的典型冲绳家庭料理。

“向田小姐，胡萝卜可不是给猫咪吃的食物。而且你不是才吃过吗？”

我不断地训诫她，可她就是不停地嗅着。

“认清楚自己的那份。何况吃多了会胖啦，肥胖乃百病之源这话你没听说过吗？难得你长得漂亮，身材纤细，要是变成丑八怪胖子，那多对不起养育你的直子小姐啊。”

向田小姐无视我的话语，走到我身边把脚放在我的膝盖上一动不动地盯着矮桌上的食物，然后“喵——喵——”地央求着，这样回答道：“我可是冲绳土生土长的岛猫，所以，特别钟爱吃胡萝卜拌鸡蛋。你就让我吃一口嘛。”

这样啊，原来是岛猫啊。听说印度的狗狗会吃咖喱，那冲绳的岛猫要吃自家的乡土料理倒也说得通。我试着分了一小块给她，她一下子就吃干净了，然后开始盯着炖香菇。

“这不行。我可没听说过有哪只猫咪吃香菇的。”

于是，向田小姐开始纠缠不休地用猫语不停重复道：“我，也爱吃香菇。喂，给我吃啦。喂。”

怎么看这个淑女都是个吃货。

在我不断地拒绝之下，她终于还是放弃了，回到置衣处的箱子里。因为箱子里已事先铺好了毛毯，所以她知道那就是床。

虽然那日是向田小姐来我家的第一天，但她凡事都没什么顾忌熟门熟路的，完全不像是刚开始在此生活的样子。就这样，既高贵又彪悍的小母猫香甜地睡着了。谨慎起见我先申明一下，虽然我俩是新婚，但她当时还不允许我有什么亲密行为。

几周之后——

在泊头的展望台甲板上我再也支撑不住了。我的老毛病又发作了。我从大约三个月前开始发低烧，人说不出的焦躁不安，同时伴有睡觉盗汗和失眠的症状。这些都是典型的抑郁症症状。睡一晚上要出四五次虚汗，汗多到不得不更换内衣的程度，严重到枕头上都汗渍斑斑。服完药会暂时好些，但得不到根治。这种症状已经持续好几年了。

抑郁症由脑内神经递质——血清素的紊乱引起。所谓血清素是一种影响人体食欲、睡眠、安心感的物质，能使人感到兴奋。抑郁症因为缺乏血清素，会对人体的体温调节、血管、肌肉产生不良影响。我的病发症状是出虚汗。如果放着不管，会引发失眠或者过度睡眠的症状。

抑郁症虽常与失眠症联系在一起，但从个人经验来说，过度睡眠症更麻烦。若该症状持续发展下去的话，身体会乏力，日常生活中哪怕再琐碎的小事都会懒得去做。例如不想看报、看电视，不愿意出门等等。人一旦躺下了，就再不愿从被子里爬起来。当然不会一直沉睡着。太阳升起的时候会醒过来几次，但因为人没有干劲，或者压抑得什么都不想做，所以一直钻在被窝里起不了床。

另一方面，意识又和心理状态背道而驰，人会受到自己意识的谴责，催促自己“必须快点起床”“必须把该做的事做完”“必须把工作处理完”。可人就是没法从被窝里爬起来，这时心理上就会产生自我苛责的意识。抑郁症患者本身就抱有极大的心理负担，而这个病会使患者更加身心受挫，产生新的压力。压力就像梅比乌斯环一样恶性循环着。

再次发病的理由我自己知道。从大约一年前起，我开始不去医院了，当时我还在疗程中途。倒不是因为觉得看病麻烦，而是周围环境发生骤变导致我连医院都去不了了。

某次我把自己患有心病的这件事告诉了周围的人。虽说每个患者的情况不尽相同，但抑郁症患者通常思考能力会变得迟钝，注意力会下降，情况严重的甚至会丧失记忆。另外，服用药物之后还会发生相应的副作用。

而我最怕的就是这件事。万一自己症状发作给周遭的人造成麻烦，或者做出些超出常理的出格行为，即便我并不愿意做出什么失礼的事情，但到时有可能我的身体状况和症状会令我无法控制住自己。如果是这种情况的话，我觉得与其隐藏起来倒不如向自己常见的朋友坦白。这样对己对人都好，万一发生意外应对起来也容易些。

从结果来看，我的判断是正确的。许多朋友并没有因此而对我产生偏见，也没用什么不自然的举动刻意地对待我，反而待我如家人一般亲近。有些朋友会叫上家里蹲的我出去吃饭，工作上对方也会考虑我的身体情况。现在回想起来仍不甚感激。

可是，也有人借题发挥。对我产生偏见的，在背后咒骂我的，在酒席上揭我隐私把我当闲聊话题的，最后因为这些缘故导致我和朋友产生了争执。

抑郁症的恐怖之处不光在于它的症状，患者有生以来的弱点和缺点完全被暴露在人前才是最恐怖的。也就是说，在原本正常健康的身心状态下可以果断拒绝、冷静处理的事，都变得做不到了。怎么说呢，在这种老好人、防御力为零的状态下，既拒绝不了别人的请求，又容易相信别人所说的话，因此，经常被卷进欺诈事件中，被信任的人的谎话所骗，人际关系产生了不可挽回的裂痕。

现在回想起来觉得那时的自己怎么会那么好骗。可当时的我毫无反击之力，整日为了解决麻烦而四处奔走。因此，我根本无暇去医院，也丧失了处事的能力。对于那些在背后说我坏话的人，只能选择置若罔闻。遇到漫天流言蜚语，连解决问题的希望都看不到的时候，我只能去咨询律师。

身边发生的这些纠纷造成的心理压力在不知不觉中像渣滓一样沉淀在我的心底。当我再也承受不住这些越积越多的压力时，虚汗、过度睡眠症等抑郁症的症状就一下子爆发了出来。

因为刚开始和向田小姐一起生活，我并不觉得自己心情郁郁寡欢，但去了朋友介绍的心理科门诊，在那里做的 SDS 抑郁自评表显示的结果却并不是这样。SDS 是通过问诊的方式来判定抑郁程度的一种检查，患者需要回答二十个问题，每个问题有四个选项。一般成绩超过五六十分就能判断为抑郁状态了。

“看样子分数会很高呢。”合计分数简简单单就超过了五十分，更夸张的是比我第一次抑郁症发作时的数值还要高。

“是吗……”其实我心中大致也猜到结果了，我垂头丧气地回应道。

“谨慎起见，我再计算一遍。”医生敲着键盘，面色凝重地长叹道，“我想你自己应该也明白，你的病症很严重。都这么严重了，亏你之前还一直放着不管呢。”

“哎。”

“暂时需要定期来医院你能办到吗？恰当地说，你的病已经严重到必须来医院的程度了。从评分表的分数来看，你需要比以往更频繁地定期就诊观察，然后再根据观察结果考虑治疗方案吧。你觉得行吗？”

“我知道了。”

“有家人的支持会对病情更有帮助。下次诊疗的时候请带上夫人或者其他家人一起来吧。”

“其实我离婚了，现在一个人住。向田小姐的话，倒是在的。”

“什么？向田？？？”

“是的，我有一只叫这个名字的小猫。”

“……原来是小猫咪啊。被宠物治愈的病例也有。我觉得饲养宠物是件好事，虽然可能要花点时间，但请来医院定期就诊。”

患抑郁症快四年了。一路走来我原本相信它是能够治好的，可最终却回归到了原点。

那天本来回家还有很多事要做，可是一出医院门就觉得心力交瘁，所以我决定顺道去泊港散个步。

话题先后顺序倒了。总之，因为这些原因我去了泊头的展望台。

泊头的旅客船舶大楼，俗称“TOMARIN”的港口是通往庆良间列岛、久米岛、栗国岛、渡名喜岛、南北大东岛等冲绳本岛周围的离岛的玄关口。这里同时也是岛民们生活中常利用的中枢港口。庆良间列岛是全世界少有的浮潜观光地之一，常有潜水员和观光客来旅游。

其中，因为渡嘉敷岛和座间味岛可以当天来回，以前我常乘船去观光。可抑郁症发作之后，就不再去了。疾病一同抹杀了我这颗爱旅游的心。

泊港微风徐徐。海风温柔地拂过脸颊，港内苔绿色的大海微波荡漾，波光粼粼。正前方雄伟的泊大桥曾是NHK日剧《水姑娘》的背景舞台。在这座宛如海上大道的桥梁的另一边是碧波荡漾的外海，碧蓝的海水带着浓烈的冲绳味道，光看着心情就十分舒畅。蔚蓝的海面上庆良间列岛的剪影仿佛海市蜃楼般美丽。那霸距离渡嘉敷岛大约三十二公里，坐高速船的话，航行时间只要三十五分钟，转瞬间就能看见岛影。

在泊港看着大大小小进进出出的各式船只，不知不觉产生了想坐船的念头。但这是个不可能实现的梦。即便我出门了也改变不了什么，只会留下些空虚的回忆，更何况我身上装满了从药局买来的处方药。镇静剂、抗抑郁药、镇痛剂、维生素片……大量服用的药物才是我现在面对的现实。想想不禁又唉声叹气起来。

优哉地乘上船，站在甲板上心不在焉地看着船头的浪尖和彼方的大海。几年之前，这种可以到处旅游的冲绳生活曾让我备感幸福。不知还能否找回那时欢喜雀跃的心情。

不，比起思考这些，更重要的是要相信黎明终将到来。只要我还坚信着，总有一天能见到雨后的彩虹。

“大悲无倦常照我”，突然之间脑中浮现出这句亲鸾大师所著《正信偈》中的文言文。每每抑郁症发作时我就念诵这句经文，仿佛它就是我的最后一根救命稻草。经文的意思是，即便是吾等无用之凡夫，佛祖也会慈悲地照护我们。我不是信佛之人，原本也没有什么信仰。可不知曾几何时起，我到了倾心于经文的年龄。

“真是个适合散步的好日子。”我发自内心地觉得。会这么想并不是因为发生了什么特别值得高兴的事情，只是觉得自己应该停止目前这种徒剩辛劳和烦恼的日子。因为即便无用如我，佛祖也会庇佑的。况且，现在的我和之前单身作战时的我不同了，我现在有向田小姐这个家人。她来我家时只有两斤重，现在都长到三斤重了。

看到在身边茁壮成长的她心情就很愉快，光这一点就足以令我开朗不少。确保向田小姐的未来幸福是我现在的责任。

“这风真是舒服啊。”微风轻扫过喃喃自语的我。我忍不住伸了个大懒腰。

南国春意正浓。

万里无云的天空中，海鸟正优哉地振翅飞翔着。

新天堂街

“结婚”之后我整日迷恋着向田小姐。正确地说，是从早到晚废寝忘食地观察着向田小姐的一举一动，把写稿和截稿日的事情全部抛诸脑后，终日潜心与她玩耍。

当初觉得领养的是向田小姐的话就能保持适度距离的我实在是太天真了。向田小姐美丽可爱的模样彻底搅乱了我做研究的心情。她身姿轻盈、叫声迷人，是一只十分有魅力的小猫。光这些特质就足以迷倒众生的她，还有一个令人意外的习性深深地吸引住了我——那就是她很聪明。不到三天时间她就记住了自己的名字，我一叫“向田小姐”，她必会“喵喵——”地回应，然后踩着轻盈的脚步跑向我。

普通的猫咪一般叫它它也不会理睬你，这样的习性让喜欢猫咪的人们对它们又爱又恨。可是向田小姐不但不会不理睬我的叫唤，还会按照我的意愿行动。本来，与人相处极非猫咪们所愿，可向田小姐却完全呈现出了本不属于猫咪的亲和力。

我的意思并不是说向田小姐的行为不像只猫，而是觉得她率真的个性反而令她显得很可爱。“萌死了，所以说猫咪就是无法让人不爱她啊。”我深切地觉得自己对向田小姐的喜爱已到了不可自拔的程度。再这样下去，就别想工作了。

我痴迷于观察向田小姐的经过就是这样。

“不久之后，向田小姐提出要我带她出去散步。”如果我这么写的话，估计会有人跳出来说，猫咪怎么可能会说话呢？可是，在我看来，有这种想法的人才奇怪。

有养宠物的人都知道动物可以正确地理解人类的语言。其中，猫咪是特别通人性的，从自己的名字到“吃饭”“吃饱了”等，猫咪可以很轻松地理解二三十句话。它们的叫声也有感情和意义，它们不会没理由地叫。

向田小姐的理解力更甚，她能做到社会人士的基本礼法——“报告·联络·商量”。例如，上完小号之后她会短促地“喵——喵——”叫，大号的话就会“喵呜——喵呜——”这么叫。这些叫声不是单纯地表示她上过厕所了，而是在请求我替她清扫厕所。

猫咪原本就是有些神经质，特别爱干净的动物。厕所太脏，它们就会忍着不上厕所；如果脏污的环境持续过久，就会引起疾病。所以，向田小姐上完厕所都会向我报告，要求我尽快进行清扫。她会在一旁全程盯着。就这样，我家对于排泄物的迅速处理模式规范就形成了——“向田小姐叫唤——我去检查她是不是上厕所了——我进行收拾”。

如果想要理解猫咪的语言，只要像这样站在它们的立场上思考就行了。但凡将此付诸实践的都能大致明白猫咪的叫声是想表达些什么。猫咪也会学习人类的语言和动作，因为对和人类同住的动物来说，这样生活更容易些。

岔题了，说回散步的事情。当我习惯定期去心理诊疗内科复诊时，我开始常常上街溜达。因为抑郁症长期宅在家里导致我极度缺乏运动，况且，我有严重的职业病——腰痛，如果我再继续宅在家里的话，很明显身心都会出现障碍。

另外，和朋友之间的纠纷已经闹上了法庭。当初好不容易搬来冲绳的时候做梦也没想到如今生活会搞成这样。有好几次我都想过“要不索性离开冲绳吧”……

这时是向田小姐打消了我的迷惘。把才开始一起生活的向田小姐丢下自己一个人走，我可不允许自己做出这么轻率莽撞的事。

“心病和民事纠纷都是长期战，又不能出远门，既然这样不如试试看逛街吧。”年轻的时候我喜欢登山，不管走多久的路都不会觉得累，我对自己的脚力很有信心。当初我每天特地腾出时间来就是为了能多走几小时路，独自散步放松心情。

某一日，我把毛巾、小物件装进背包准备出门散步，突然察觉背后有动静，一回头发现是向田小姐。她悄悄地走到我放在脚边的背包前面正坐下来，然后“喵——”地支吾了一声，歪着脑袋直视着我的眼睛。

我没能马上理解她的意思。下一个瞬间，她从背包开口处跳了进去。我就立刻明白了。“你也想一起去吗？”我问道。向田小姐走到我脚边用鼻子蹭着我的脚，仿佛在向我撒娇一般。

“你是认真的吗？”

其实我能够理解向田小姐的心情。她被领养做家猫才刚过一个月，在此之前她是只野猫。或许她已经开始怀念外面的世界了，又或许是想起了以前和典子一起玩耍的时光。

虽然不能像遛小狗一样带她出去，但偶尔让她呼吸一下外面的空气，换个心情也不错。

向田小姐体重只有一点五公斤，抱出去散步重量上没什么问题。我把散步时习惯背在后面的背包抱到胸前，再把包拉链拉开一些让她把脑袋伸出来，这样她也能看到前方的风景了。虽然这样令我整个人看起来像袋鼠一样，很诡异，但就算万一被人举报了，只要说明下情况，应该不至于被逮捕吧。

就这样，我和向田小姐的小旅行开始了。我们去了樱坂、龙宫道、神里原、荣町等偏僻的酒馆小街。大白天逛的净是些后巷胡同怪不好意思的，但这也是事出有因的。

由于那霸到处在重新开发，大街小巷处处是钢筋混凝土和柏油路。整个城市的风景变得枯燥乏味，不再适合人们休闲散步。而且，主要街道终日车流不息，净是汽车尾气，不适宜人们散心步行。更何况我心境抑郁，根本无法和众人一起在大道上并行。

所以白天我能散步的地方都是些夜晚行人颇多的后巷。在那霸，像这样的地方仅限于酒馆小街和交易市场。其中，最与众不同的就是我和向田小姐第一次出门时去的新天堂街。我特别中意这条马路，经常光顾。

从国际大道北侧的小道拐进来的这条小街全长四百米。虽然是条极短的小街，但街道至今仍保留着那霸悠久历史的变迁印记。

新天堂街自东向西，几乎与国际大道并行。东侧与冲映街交错，从交叉口往右拐便可通向国际大道的中心部——睦美桥

新天堂街。与街道同名的舞厅就在这附近。

十字路口。此处连接着那霸代表性的观光景点——和平街和市场大街。与在时代洪流中挣扎的国际大道不同，地处喧嚣之地的新天堂街任时光悄然演变，依然悄悄地保留了它的古色古香。

我最近才得知，街名“新天堂街”只是个俗称，它的正式名称应为“新成街”。但这个官方的称呼渐渐从人们的记忆中淡去，如今只有电线杆上还找得到“新成”的字样。

新天堂街的名称来源于冲绳受美军统治时期的同名餐厅。后来餐厅演变成舞厅，成了当时的时髦年轻人聚集的人气地点。从那时候起小酒馆慢慢多了起来，新天堂街的名字开始为人们所熟知。但这条街最终没能跟上瞬息万变的时代变迁节奏，当我搬到冲绳来住的时候，这里到处是空铺，一片萧条。整条街焕然一新是几年前的事，发现这里租金很便宜的人们纷纷开起了时尚的咖啡店、酒吧和服装精品店，来这里光顾的年轻人又多了起来。

如上所述，这样的小街也有它迂回曲折的历史。新天堂街地处那霸日航城市酒店的正后方，地理位置优越。因为附近就是观光客熟悉的肉桂咖啡店、大东荞麦面店、云雀咖啡屋、土 BAR、月光庄等老字号酒店，所以之后连锁拉面店、特色料理店、美容沙龙、面包店、杂货店也纷纷开张了。

这里的店铺风格也和主街国际大道的不同，店铺在外观上保留了昭和时期的木制小民房结构，只在内部装修上面动脑筋，修补建筑循环再利用。其中有一家理发店，从外装到内饰都整整跨越了半个世纪。它至今沿用着古早的红白蓝圆形灯箱，感觉就像是电影里的布景一样，夕阳西斜时映照出丝丝昭和时期的倩影。

在这条街上散步，民房和屋檐不可错过。由红瓦、水泥瓦、白泥瓦修葺的早期的铁皮屋顶建筑与钢筋混凝土的公寓、高层住宅楼鳞次栉比地排列着。

是的，沿途的街景仿佛像西洋透视画一般，展现了从战前的冲绳到战后不久、从战后复兴时期再到现代的时代变迁史。很少有地方可以像这里一样鲜明地留有战后时期的冲绳的余韵。

可以看到在夹道对面的绿丘公园绿地对面，有几间琉球瓦葺的世家大宅。鲜绿的草坪映衬着红瓦白墙的大宅——一幅田园诗歌般的风景。可就在这些民房的后面已建起了新的公寓楼群。我虽然没有什么怀古情趣，但我估计这样的美丽风景不久之后就再也看不到了吧。一想到这个，一股爱惜之情不禁油然而生。在“要看就趁早”的心情驱使下，我常来这边散步。

说到瓦砾，在街道北侧的绿丘公园里保存着一个名叫渡嘉敷三良的瓦匠的古坟。既然说起了这个，我就来介绍一下墓上的碑文吧，碑文部分内容如下：

> 十六世纪，瓦匠渡嘉敷三良从中国来到这里。……子孙后代继承了他的技术。第四代子孙安次领亲云上修瓦首里城正殿、寺院有功。于一七六二年照喜名良始那代，向王府请愿赐予家谱。这个墓碑被认为是在一六〇四年或者更早之前

所立。

令人惊讶的是，四百年前立的墓至今仍安然保留在市民公园里。依日本史算起来一六〇四年是关原之战后的第四年，距离萨摩藩入侵琉球还有五年。

此坟可谓是重要的文化遗产。坟墓侧墙上还留有当时冲绳之战时留下的弹痕，只不过，古坟被埋没在广阔的公园绿地之中，现如今它的存在已鲜有人知。这座苍然古色的墓坚韧抵抗着历史的洪流，实在值得赞扬。

在此散步时细细回想着这些事，感觉时空回溯，心情就像是经过了一场精彩的旅游一般充实。

冗词赘句地写了这么多，好像我有多懂似的。其实在开始散步以前，我完全不知道这里的白天是这么一幅景象。新天堂街里有我常光顾的酒馆，说起来这里是我夜晚通勤的道路。

“看来在太阳公公的眼皮底下逛逛酒馆小街也是个不错的选择……”在那霸住了十几年，眼看快要厌烦起那霸的风景时，我发现了它的另一面。

季节已从春季转入初夏。

在这个高柳咽新蝉的时期，梅雨滋润大地，花草嫩叶的颜色变得愈发鲜艳。

我和向田小姐第一次去逛新天堂街的时候恰逢骤雨。在冲绳这样的临时雨被称为“KATABUI”，写成汉字是“片降”，用来形容对面的天空一片晴朗而眼前大雨骤降的情况，是南洋海上国家特有的疾风骤雨。

下雨天散步很麻烦，但在后街小巷就不一样了。和避雨地点很少的公园、海边不同，小胡同里建筑物多接连在一起，匹处有屋檐遮蔽。若下起雨来躲进去就好了。

那一日，结果也是在反复躲雨之中散的步。我和向田小姐不仅逛了新天堂街，还逛了国际大道、新天堂街、冲映街所包围的地区，包括从新天堂街可以看到的后巷一带，那里的木制店铺和民房鳞次栉比，还有国际大道的观光酒店、纪念品商店也逛了。

那霸的后巷到处是死胡同和通往大马路的捷径，错综复杂，形成了一块像迷宫一样的空间。我也是因为散步才发现小胡同另有一番别有洞天的景色。我带着向田小姐出来逛的这条胡同也是个不为人知的好地方，是那霸一等一的秘境。

不管是国际大道还是冲映街，这一带的大马路上，建筑物与建筑物之间都留有一条小小的夹道，这些夹道形成了一条条小胡同一直延伸到深处。当地人也不知道这些胡同究竟通向哪里，又是怎样连接在一起的。就算知道，没事也不会走进去吧。

至于没人造访的理由你走进去了就会明白。胡同的入口有好几个，从冲映街那里的入口进来方向比较好找。进去之后右手边有一间烤肉店，从左手边的小道可以看到药局的边墙，水泥的墙面上排着煤气管道和水管。——原来这是给水电工人用的通道。周遭的排气孔里吹出来的净是臭味和油烟，难怪不会有好事之徒愿意特地走进来了。

向田小姐从背包开口处探出脑袋，也一副疑惑状地看着周遭。

顺着小道的方向往前走出来正好是山内旅馆的正后方。从此处的右手边开始整个风景为之一变，没有了混凝土的墙壁，陈旧的石灰岩堆砌的石壁延绵不绝，一直伸向远方。墙体斜面上杂草和爬山虎肆意地疯长，枝叶茂密。缝隙深处也长满了草木，从缝隙中探进去一看……竟然是墓地。

说起冲绳的坟墓最著名的是龟甲墓[1]。眼前的这个墓的墓穴钻开了山崖岩石，是一个横穴式坟墓，即便外行人也看得出它是很早以前建造的。隔壁有龟甲墓，也是把石灰岩切开建造的，看起来也有些年份了。墓石的周围以及缝隙之间长满的青苔见证了它的悠久岁月。

我再补充一句，坟墓的正面是观光旅馆的后门。再过去是停车场和商业大楼的混凝土墙，也就是说只有小道的右侧是坟墓荒地。再往前走有几间民房建筑，房屋对面是几坪的小田地，田地右侧是一片茂密的杂木林，道路一直延伸到杂木林里边。如果胆子不大的话我建议就此折返比较好，因为只要一踏进树林，眼前的景象会令人不寒而栗。

无人打理的缘故，此处枝叶纵横交错，有些灌木丛里树木的藤蔓和树根从四面八方缠绕着大树树干，而且因为常青树树叶层层叠叠地遮住了天空，所以这里哪怕是白天光线也很昏暗阴沉。这片密林之中有多条捷径，而在捷径深处瑟瑟作响的是一大片的

[1] 龟甲墓：有名的冲绳特色坟墓。墓檐呈龟壳状，因此得名。

那霸独一无二的闹市——国际大道后面的一条小路，是一片仿如冥界图画一般的空间。

墓石群。

其实这片杂木林是一个古墓遗迹，名字叫作 NAIKUBU 古墓群。NAIKUBU 写成汉字是“奈利久保”，是这一带的古汉字名。实际上，观光旅馆后面的墓石和奈利久保古墓群同属一块区域。

在这里横穴式坟墓和龟甲墓、破风墓[1]堆在一起，埋没在容易使人迷路的树木之间。据说坟墓数量有上百个之多。因为照不到阳光，每个坟墓都无一例外地长满了苔藓，有些植物甚至茂密地遮盖住了整块墓石。

新天堂街附近留着唯一一块石碑，上面刻着“那霸大纲挽久茂地旗持练习场”。或许这也是个无名的历史遗迹。总之，冲绳县内独一无二的闹市——国际大道的正后方是一片苍然的冥土。

究竟为什么会形成这样一个奇观呢？

追溯历史，战前的绿丘公园到国际大道的一带曾是一大片墓地群。战后复兴时期那霸以壶屋为中心从开南到神里原、牧志地区迅速商业化，建筑物和商业高楼像雨后春笋般拔地而起。然而，墓地的话，没有土地持有人的允许是不允许擅自开发的。其中有些墓的土地持有人搬到了县外或者海外，去向不明；有些则是骨灰盒已被拿走的空坟，找不到墓地的持有人。就这样奈利久保古墓群逃过了被开发的命运。

其实天堂街周边的美荣桥站下，除了有个叫作七之墓的墓地

[1] 破风墓（はふうばか）是琉球群岛古代特有的一种墓葬形式，仿造民居而建，一般为高于地面的石室，但不开窗。屋顶呈三角形，两端伸出山墙之外。

之外，四处还有好几个像奈利久保古墓群那样的小森林。这几个墓地也逃过了开发一劫，保留着它战前的模样。

奈利久保古墓群规模巨大，从地理位置来讲也该是个显眼的墓地。可是它的四周被国际大道和冲映街上的住宿设施以及商业设施的隔墙所包围，就这样在战后六十多年的时间里被野生丛林所吞噬，不知从何时起从外面的大马路已经看不见它的样子。它就这样渐渐地在人们的记忆中淡化了。

本来嘛，如今这里的坟墓几乎都是没放置骨灰盒的空坟，所以前来祭奠的人也少了。这块土地已被划为绿丘公园的整备项目之一，将进行再开发，几年之内所有的墓都会被撤走，部分工程已经开始施工了。

但即便是这样一片冥界之地也有生者往来其中。我带向田小姐来的目的就是为了让她见见它们，而不是来扫墓的。事实上，这块地方也是野猫们的住所。住在这里的野猫们把绿丘公园周围三百米内的土地划作自己的地盘。墓地周围成了它们巡逻的领地。

而控制着这片那霸最大地盘的就是守墓者茶茶丸。它是一只英勇的、长着深咖啡色条纹被毛、眼神锐利的棕色虎皮猫。它神色安稳地在这一带巡逻，仿佛巡逻才是它唯一的职责一般。那架势不像是为了防止外敌的入侵，更像是为了守护住这片生它养它的土地。它对待同伴也是一股侠义心肠。怎么说呢，它不竭力于打败对方，而是致力于说服对方此路行不通，做法更像是一方老大。

白天时，比起绿丘公园，在这个古墓群的草丛中更容易看到它。我给它随便起了个名儿，叫作“茶茶丸”。几次三番经过此地之后，它开始回应我的叫唤。

茶茶丸有很多手下，黑猫 Black Joe、三色猫护佐丸、灰色虎皮猫 Nero 和白条纹的兰丸，龟甲纹猫锖田铁子是它的情妇。另外它还率领着其他五六只猫咪。与天妇罗坡的猫群不同，此处是以公的流浪猫为中心的集团。它们不仅把绿丘公园视作自己的地盘，还特意将新天堂街以南的这块土地划作自己的领地是因为这里离商业设施地区很近。饮食店后方的道路就是剩饭剩菜的宝库，野猫们岂会放过。

当我和向田小姐走进观光旅馆后门的那条路时，茶茶丸果然就在那里。它在我前方十几米外悠闲地散着步。

“喂——茶茶丸！”我一叫它它立马回过头来。

它以比平日更凝重的神情看向我这边，一定是因为向田小姐从背包里探出脑袋来了。茶茶丸死死地盯着向田小姐，向田小姐也紧张地看着茶茶丸。我立刻开始观察起茶茶丸是怎样看待向田小姐的。可我没能抓住机会，没过几秒茶茶丸就主动将视线移开，沿着通往新天堂街的小路慢慢走开了。不知何时手下 Black Joe 出现在小路尽头迎接茶茶丸。而向田小姐的视线则始终未离开过前方的这两只猫咪。

不愧是猫老大，茶茶丸威严地赢了这一战。其实本来双方就没有打算对决的意思，没必要评什么胜败。按照猫咪社会的理解，遇见一只陌生猫，应该彼此避开对方的视线；正面目视、紧盯对方则等同于无视生活情理，准备打架的意思。何况这次的事件发生在茶茶丸的领地内，从优劣势关系来讲，也应该是向田小姐主动移开视线才对。这种情况下的应对铁则应该是处于劣势的猫咪主动不看对方，一直忍耐下去。只有这样，处于优势的猫咪

茶茶丸一族的头号小弟——Black Joe。
任巡逻地盘之重任，相当有实力。

才能装作不经意地离开，避免没必要的斗争。这是讨厌无用之争的猫咪们所立的严厉规矩。

如此说来，这次身为地方头头的茶茶丸主动撇开视线是一个破例的举动。当然一部分原因是因为有人类在场，可即便对方是小猫仔，自己的领地被入侵了的茶茶丸肯定心情不佳，它应当采取威吓警示行动的。

“这家伙打算干什么！”它肯定这么想过。不过，身为猫老大不仅要能威慑住对方，也要有缓解双方紧张气氛的本领。茶茶丸真不愧是一只老奸巨猾的猫咪啊。它一定知道向田小姐是一只小猫，无足轻重，就放过了她。又或者是在教诲小猫咪它们一族的礼仪作法。不管怎么说，茶茶丸采取了成熟的应对方式。

茶茶丸就这样昂首阔步地前进着。它所走的这块地方绝大部分早晚也会被人类破坏，不晓得它知不知道这件事。领地没有了就等于失去了吃饭和露宿的地方，对于野猫来说这是事关生死的大事。

不过，这问题再怎么探讨下去也是徒劳。即便事情真的如料想的发展下去，淡定凝重地看着它灭亡即可。我感觉这样的做法才符合茶茶丸的作风，因为它是一只很有气量的猫咪。

在进入小道之前，茶茶丸回过头来看了我们一眼。犀利的眼神望向的不是向田小姐，而是我，仿佛像在说：“先生，把家猫带到这种脏乱的地方不太好吧。”

没多久，茶茶丸调整方向再次向前走去。它带领着 Black Joe 走向胡同深处的背影宛如退场的剧场演员一般。

我想让向田小姐看看这卓越的英姿。她长大以后我很难带她一起出门，那样的话，作为家猫的她会逐渐忘却外面的风景。我想至少在事情发展成那样之前，让她多看看坚强生活的野猫们的样子。

现在回想起来，茶茶丸也有几分舍身为他猫的气魄呢，就像大戏里的英雄角色一样。如果你说这些只不过是我一厢情愿的想法，我也无力辩解。不管怎样是向田小姐镇住了这场无声的交流。

守墓者茶茶丸的那种“范儿”连男人都为之动容。身为老大的它意志坚强，现在依然巡视着市内最大的地盘。

◆第二章……小道阳光明媚，海风徐徐，不经意间想起的是你

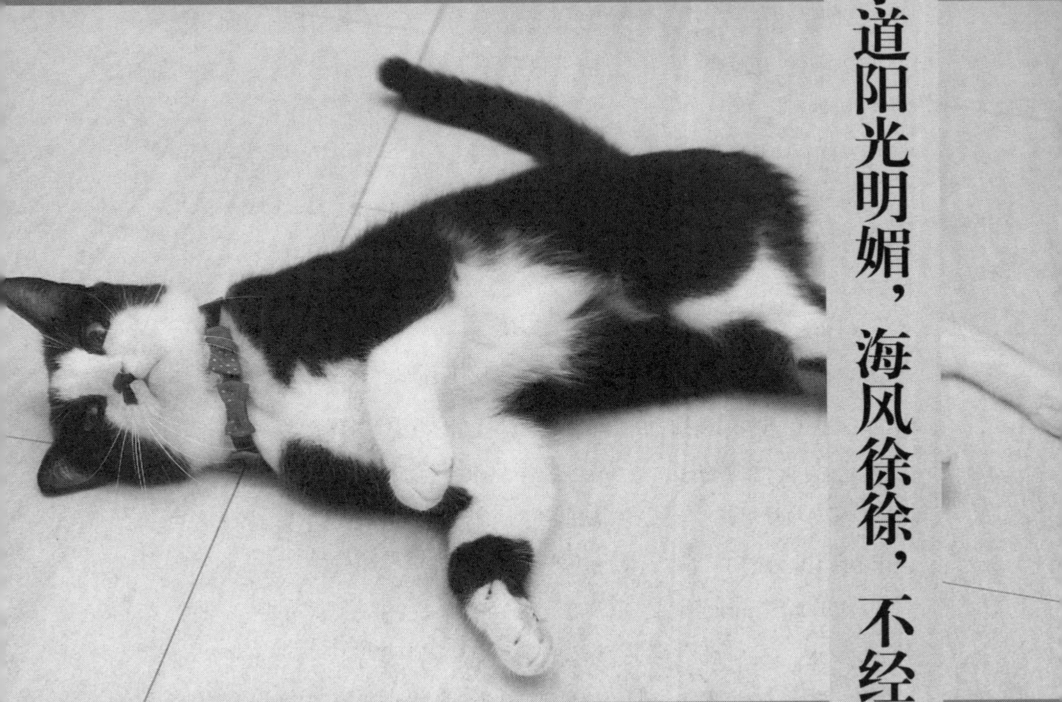

黄金道

那一年的梅雨下得特别大，雨量几乎达到历年的两倍。滂沱大雨戛然而止之后，太阳终于出现了，南国的阳光映照得万物更加生机勃勃。我住的泊地区也在一片鸟语蝉鸣中迎来了炽热的盛夏。

向田小姐现在满六个月了。据专职医生说她应该是在同年的一月下旬左右出生的。三个月大的时候与我相遇，换算成人类的岁数的话大约为五岁。现在是六个月大，也就是人类十岁不到的年纪。一转眼已经大了五岁了呢。

她每日茁壮成长，一天比一天懂礼数。

首先，她找到了自己的被窝。她很中意我为她准备的藤篮，不到三天就把我的和式房间当做了自己的起居室。放在我床被旁边的坐垫成了她的被褥。她要是索性爬进我的被窝和我一起睡倒也能安慰安慰我这个孤枕难眠的人，让我高兴高兴。可她在这点上就是很较真，划清界限绝不与我同寝。

她的起床时间大致在早晨六点到七点之间。刚来的时候她一直睡懒觉，到十点以后才肯起床，经常被我硬叫起来。可不知何时起，她开始定时早起，而且不知为何，她的起床时间都是六点、六点半、七点的整点时间，绝不会在六点十分、六点四十分这种不上不下的时间点起来。看来成长之后的她，生物钟也变得更精准了呢。

向我撒娇要早饭吃是她起床之后必做的功课，她会在我的耳边执着地喵喵叫。对于超级熬夜一族的我来说早晨实在是很痛苦。可向田小姐正处在生长发育和食欲最旺盛的时期，所以她会一直叫到我倒饭给她吃为止。在这件事上她绝不妥协。

遇到我实在起不来床的时候，她会拿前爪砰砰砰地敲我的脑袋。没人教过她，这都是她自己自然学会的方法。她这么一闹，我也睡不着了。多亏了她，我连闹钟的钱也省了。

她的饭以浸泡的脱水食物为主，偶尔我会准备一些湿粮，放点用来做高汤的柴鱼和杂鱼干。她不挑食，吃猫粮也不挑剔品牌，只是食量比普通猫咪大一倍。不知是不是正处在发育期的原因，她的食量大得惊人。

都说肥胖是猫咪各种疾病的起源，可我一旦减少了她的食物量，她就开始偷吃。不知道她哪儿来的聪明劲，只要我一不注意，她就用前脚悄悄打开食物仓的门，咬开脱水食物袋的袋子偷吃。现在我都注意把垃圾箱的盖子锁死，向田小姐的食量也慢慢开始趋于稳定，但她那学坏的本领，比一般人，啊不是，比一般的猫快一倍啊。

吃完早饭她会回到坐垫上，每天在上面梳理毛发是她必修的功课。她梳洗起来极其认真仔细，整齐到让人不禁拍手叫好的程度。有时候，她会用前爪夹着后脚，指尖笔直向上升，用花样滑冰一样的姿势，认真地把爪缝也舔个干净。

女人所谓的“提升自己的女人味”一事无非就是这种态度。特别爱干净的向田小姐，说她的每一天从洗漱开始一点不为过。她就这样一直梳洗到自己满意为止，然后走到落地窗前面，以猫咪特有的“香箱座”[1]坐姿，把前脚折进内侧坐下。

同样属猫科动物，狮子和老虎就绝不会采取这样的坐姿，因为如果把前肢藏进身体内侧，万一遇到突发情况就不能迅速反击，及时逃跑了。换句话说，如果猫咪摆出这个姿势了，则代表它们觉得那个地方是安全的，能让它们放松身心。

那向田小姐坐在那里干什么呢？其实她在隔着阳台的墙壁看天空。她就这么直直地看着，从不厌倦，就这样一直一直地看着。

没有高山的冲绳天空，云彩宛如棉花糖一般飘在似乎触手可及的高度。因为海风不断地吹着，每一片云彩都像是在赛跑一般，在蔚蓝的天空中飘动。刚搬来冲绳的那会儿，这些在低空迅速飘动的云彩，也曾令我看得入迷。

估计向田小姐把这些似乎触手可及的云彩当成什么生物了吧。有时她会用两只后脚撑着站起来，伸长背脊，前脚在空中一阵乱刨，她是想抓一片流动的云彩吧。厌倦了这个动作之后，她又重新坐好、看着盛夏晴朗的天空，沉浸在她自己的世界里。那副专注的模样旁人不便随意打搅。直到现在我也不知道她究竟在思考什么。总之，对她而言，每天早上对天思考哲学是她必做的功课。

不久太阳升高了，阳光照射进屋内，就到了她晒太阳的时

[1] 香箱座：日文用来形容猫咪特有的一种坐姿，即猫的两只前肢放于胸下面坐下，因其坐姿像一只香料盒而得名。

间。不紧不慢地翻过来，露出肚皮咕噜咕噜滚动——她一般都在客厅里边这么做，偶尔也会在和式房间里这样。每每“喵——”地轻叫一声之后就会转个身，那样子实在是可爱得紧，治愈了整日宅在家里埋头写稿、不看电视、不听音乐的我。不过，她做这些也不是为了特意安慰孤独的我。

我家所有的落地窗都朝向东南，所以上午下午光线都很好。向田小姐早上呆在东侧的客厅，接近中午时分转移到和式房间里，到了下午会特意移步到位于南侧的工作室，跟着太阳的运行轨迹，寻找光线最好的地方。

这是因为猫咪喜欢温暖的场所，当然还有些别的原因。多番转动身体让阳光照到身体每一处的毛发有利于消除螨虫。另外，多晒晒阳光有利于激活维生素 D 帮助钙质吸收。不管从卫生层面还是健康层面来说，阳光对于猫咪来说都是极其重要的。向田小姐也秉承了这个习惯，从早到晚在向阳处打转，午睡。

现在她每天的日程里又多了散步这一项。

每当我从橱柜里把背包拿出来思忖着今天去哪里好的时候，她就会一溜烟地跑过来，像是在诉说她已经等了很久似的一边喵喵叫着一边围着我的脚转圈圈。然后，扭头全身转一百八十度，露出肚子看着我，呈现出她平时晒太阳时的姿势。不久之后我把她这个特有的行为表现方式取名为“滚喵喵”。

猫咪只有在心情大好的时候才会露出肚皮，滚喵喵的姿势是她在努力向我传达她有多高兴可以出去散步吧。这个举动也是她自然而然学会的肢体语言。

没想好去哪里散步的时候我就会逛逛黄金道。黄金道在我住的公寓的正前方，它是一条位于崇元寺街东侧的道路，而崇元寺街则连着那霸的安里和泊港。

就这样，我漫无目的地在家附近的街道逛了起来。黄金道不愧冠有黄金之名，街景自有它的一派风情。不过，黄金道这个街名得名并不久，据说在此之前它被称为泊中道。我说“据说”是因为我在那霸住了那么久，从没有听说过这个名字。

实际上我曾在坐出租车的时候，和出租车师傅提起过这个名字，他们中的大多数也表示很困惑。街上也没有泊中道的标识，恐怕当地人也不知道有这一说吧。但要是换个说法，问泊小学前的街道在哪里，则人人皆知。泊小学创立于明治十四年（公元一八八一年）。创校一百三十多年之久的泊小学在县内成绩一流，是冲绳数一数二的名校。许多家长都想让孩子进这所学校，所以这一带在有孩子的转职一族当中也相当有人气。它是市内屈指可数的文化教育地区。泊小学的前身教伦堂（泊村学校）设立于一八零三年。从琉球王朝时代开始这一带就一直是有名的教育基地。

本来，泊地区本身就拥有相当悠久的历史。前文提到的泊港在琉球王朝时期作为国家港口，于十三世纪在港口建立了公馆，成为与中国进行贸易往来的主港。有记载称明朝使者曾于一三六九年为采购硫黄而来到泊港。此年正值室町时代全盛期第三代将军足利义满刚登基不久。义满将军对于对明贸易也秉持着满腔热情。琉球正好借机将泊港推上了国际贸易事业的舞台。依靠泊港为生的泊村成了当时王府的直辖地。至此，积聚外来物资的泊村一派欣欣向荣，王朝时期曾与首里、那霸等要地一同谱写了琉球的历史篇章。

总而言之，泊地区曾与琉球王朝共谱兴衰，是一个颇有来历的地方。

黄金道沿着泊小学自东向西约合八百米，后方有好几条小路。路边有带大宅门的古朴宅邸，有别墅一样的豪宅。

街道邻接大型购物商场和高层公寓林立的新都心，但这里的街道却没有那种喧嚣与张扬。这里没有超市也没有霓虹街，便利店也只有一家，有的都只是些老式的平民面包屋、酒家、蔬菜水果店。与之相映的还有芝士蛋糕专门店、老字号法式料理店、正宗的意式餐厅和时尚的咖啡店错落在街上，整体风格与东京的代官山住宅街颇为相似。

这里很适合名流太太们遛狗。至于出来遛猫的怪人什么的自然不会有，所以，当我带着向田小姐来这儿散步的时候总显得特别扎眼。我曾一度担心别人会不会把我当成怪人，但幸好街上的人们都很豁达大方。在公寓电梯里邻居看到向田小姐会摸摸她的头称赞她可爱。即便把她装在背包里进店，便利店和面包房的员工也仍然以笑脸相迎。

第一次和向田小姐来这附近散步的时候，我们进了一家名叫“at Room ONE”的杂货店。因为之前给向田小姐用的餐盘碎掉了，所以想重新淘个漂亮点的。

美丽的女店主一看见向田小姐就满面笑容地迎了上来。面积不大的店内有序地陈列着许多眼光独到的小物件和小玩意。美女店长为我们挑选了一款古董搪瓷容器，是个设计简约的象牙白色碗，款式温馨，十分特别。这个既不会摔碎，颜色又与黑白相间的向田小姐很搭调，所以我当即就买下了。

泊地区的许多店家和这家店一样，店主都是内陆出身的三十代[1]女性。一部分原因是因为这里居酒屋不多，所以很适合女性居住。

我有个移居来冲绳的朋友也开了这样一家店。曾听她说她想开一家咖啡店，等真的店铺开张了，发现店离我家仅步行两分钟之遥，店名叫作“山原蔬菜咖啡篦子草”，是一家有露天座位的半餐厅式咖啡店。采用冲绳本岛北部农家的无农药蔬菜做的午式套餐是店里的人气菜单。店里客人多为女性，偶尔也会举办女士聚餐会。观望整个那霸还是泊地区最适合这样的店呢。

在街道这样的氛围底下，一个颓废的中年男子大中午抱着小动物走来走去，的确很不合时宜。但向田小姐实在是一只很有亲和力的小猫仔，经常有擦肩而过的妇人要抱她。

如此一来，向田小姐似乎也变成了街景的一部分，令我不甚欣喜。说到街景，因为这原本是条旧街，红瓦旧屋随处可见。可

[1] 三十代，指 30—39 这个年龄段的人。

能是因为店铺构建得宜，古朴的民房和崭新的建筑排列在一起不但没有冲突感，反而相映成趣十分和谐。

从头到尾逛完黄金道，经过更深处的泊散步道到泊北公园，再往前走到一小片名叫“黄金森林”的绿地山坡，这是我和向田小姐散步的固定路线。根据《那霸市史资料编》记载：“包围泊后方的丘陵从东边开始连绵起伏的分别是白森林、黄金森林、高真佐利和洋顺。其中有些是茅草原，有些是松树林，有些只是单纯的草坪，是一片风景绝佳之地。”

由此可见，泊的住宅区北面是小小的山丘，因为现在仍留有一些坡道通往山丘另一端的新都心地区。这些山坡和住宅区之间的小道就是我们俗称的泊散步道。

这条只有一辆车宽的小路清扫得十分干净，连带着周围的民宅也显得特别洁净。骤雨过后湛蓝的天空映衬得小道格外美丽。散步道沿路是成排的绿树，路面由白色琉球石灰岩铺就。路边民宅的庭院里的植物枝繁叶茂，树木在蓝天下尽情地展开怀抱。白色的散步道、鲜艳的绿色还有湛蓝的天空相映成趣，颇有一番南国风味。

泊散步道同时也是条通风小道。因为附近就是港口的关系，小道成了海风的通风道。凉爽的散步道沿途陈列了许多与泊地区有关的风土人情纪念物。因为每年黄金周例行的那霸传统划龙舟大赛都在泊地区举办，所以小道的一侧刻有龙船雕刻，除此之外还有狮子灯笼、模仿崇元寺石门的建筑以及刻有琉球守护神——神龙的柱子。就连以泊高桥为舞台背景的琉球三大悲剧歌剧之一的《泊阿嘉》的石板也设立在此，反倒是表彰松茂良兴作这个泊手高手的纪念碑很少有人知道。

所谓泊手是指王朝时期以泊村为中心发展起来的一种武术，与首里手、那霸手齐名，是琉球空手道三大派系之一。作为古早的国际贸易港而繁荣起来的泊村，中国人、朝鲜人等许多外国人在此出入，优秀的海外文化也迅速被传入，据传泊手也是由外国的武术家传入的。

松茂良兴作被誉为泊手（空手道）复兴的鼻祖，生平处于西方列强频繁进出亚洲，首里王府即将灭亡的动乱期。纪念碑上雕刻着他身着空手道服、作势组手的模样。眉间紧皱，瞪直双眼紧盯着对方的表情，怎么看都是一位充满正义感的武者。同时，又带有一点少年威风凛凛的样子，让人不禁想起青春小说里的男主角的形象。

松茂良是一个武术家，传闻他有许多英勇事迹，据说他曾用湿的擦脸巾弹开了萨摩藩官僚的刀，也有人说他曾经是一名很厉害的龙舟舵手。在当时，他一定是泊地区所向披靡的杰出人物。纪念碑上刻有如下一段引用于《泊志》的文字。

> 松茂良兴作（一八二九——一八九八年），出身于泊村，毕生献给空手道，创建了泊手一派，并竭力教导后辈。是一名曾教导出多位武术卓越人才的空手道高手，被后世称为泊武士松茂良。

看着这些，脑中似乎浮现出了泊过去作为与海外联系的关口时的残像，就连蝉声也给人一种是从古延续至今的错觉。泊散步

泊散步道是那霸首屈一指的美丽地方，是我常走的散步道。路边的树木很美。

泊散步道随处可见与之相关的石碑。照片中的碑展示的是歌剧《泊阿嘉》的其中一幕。

道也是一条历史悠久的街道呢。

不管我再怎么多做说明，背包里的向田小姐对此漠不关心，她的视线被躲在纪念碑后面一动不动的猫咪吸引了。对方是一只叫作长老，住在这附近的三色猫。体长约六十厘米，体重据推测为八到九公斤，胡子很长，性格沉默，怎么看都是一副老气横秋的样子，因此我替它取名为长老。它毛色不错，所以看起来既像是散养的家猫，又像是只野猫。

长老晚上经常出现在黄金道路边便利店的停车场。我借此机会与它混了个脸熟，常常同它打招呼。长老来停车场目的不是为了此处少年们手中的食物——就算他们愿给，长老也不会看一眼。

或许它是相中了有些许灯光的便利店停车场本身。总之，长老对包括它自己在内的所有东西都漠不关心，它只是一味地呈香箱座状团坐在那边，一动不动直到睡着。那副安定的样子就像是打坐的修行者一样，带着几分高僧的威严。哪怕白天它也是这个样子。现在也是，它只瞥了一眼对它饶有兴趣、吸着鼻子的向田小姐，就再次回到它的冥想世界去了。

一眼就能看出长老是只老猫，与同族相比，它浑身带有一种超脱的氛围。要是在深夜的草丛里撞见它这般模样，一定会感觉很不舒服。

在日本，传说家猫老后，就会变成叫作“猫又”的妖怪，如果老猫活过十年之久则能完全理解人类的语言，幻化成老妇。所谓猫又指的是有两条尾巴的猫怪。它袭击人，食人，因此在百鬼夜行[1]一说为人所信的时代，人们很惧怕老猫。

在冲绳也有很多关于猫咪的迷信传说。看样子猫咪一直被人们视为神秘的生物呢。

在《冲绳迷信大全集 1041》（大麦社）中有介绍：

> 猫咪的奇妙叫声是死亡的前兆。
> 猫咪钻过胯下灵魂就会被取走。
> 猫咪爬上佛坛是恶兆。
> 猫咪爬上屋顶闷不作声是恶兆。

看来猫咪的自然行为似乎都被视为恶兆了呢。

又或者还有一些这样的传说：

> 家猫逃跑是不祥之兆。
> 家猫长时间离家之后突然回来，代表家中将有人死。

当然，这些都是封建迷信。但还是有很多人相信猫咪一旦死期将近就会离家出走。其实，真相是猫咪痛苦的时候不喜欢被主人或者他人逗玩，所以通常它们会与人保持距离。

在冲绳人们把猫咪称为“MAYA”，词源出自中文里的“猫（MAO）”。这里有一个中国传来的猫妖传说。传说在中国的浙

---

[1] 百鬼夜行是流传在日本民间的传说。传说在夏日的夜晚，妖怪们会举行大游行。

江省，养了三年以上的家猫吸取了日月之精华，会幻化成欺骗人类的妖怪“金花猫”。所以，在冲绳北部地区，人们一直相信“MAYA”饲养十三年后会幻化成妖。直到二三十年之前那里仍有在猫死后将其尸体吊挂在树上的习俗，以防其灵魂彷徨幻化成妖。虽然这个仪式看起来很残忍，但其实追溯源头就会发现，一切都源于冲绳特有的信仰。

如果把死猫埋在土里，那块土地就会留有“MAYA”的“MABUI（灵魂）”和眷恋。为避免发生这样的事于是把尸体挂在树上，使其安心升天，之后再土葬。

有人可能觉得这无非是一个预防猫妖的巫术。可连向田小姐这样的小猫咪都能听懂一个三十岁男人的话语，长命的猫咪能理解人话实在不是什么稀奇事。正因为此，冲绳人才会对猫咪这个人类身边的存在心存敬畏，特意执行这样的仪式。

我本想请教下长老关于这方面的事情，可它一副无心凡人琐事的样子，不像会回答我的问题的样子。我试着蹲下来，把向田小姐的右脚从包里拿出来，在香箱座状坐着的长老脑袋上轻轻按了两下。可长老还是纹丝不动，眼睛都不睁一下，打了个大哈欠又继续冥思去了。

那天，黄金道还举行了个小活动。

在“at Room ONE”替向田小姐选餐盘的时候，店主给了我们一张活动宣传单，传单标题写着“第一回冲绳洒水大作战 in 黄金道”。黄金道的居民、小孩集合在一起，在盛夏暴晒的柏油路上洒水降暑。

我打听了一下，这个活动好像是黄金道的女性为了活跃区域气氛而发起的提议。为了让孩子们觉得更有乐趣，在洒水前后安排了温度测量环节，目标是把室外温度降低两度，是一个将科学实验与娱乐结合在一起的活动。

“请一定要参加哦。女孩子们会穿浴衣[1]出席呢。”店主爽朗地邀请道。

到处都是柏油马路的那霸一到夏天就热得像个大熔炉。这个企划正好可以教教后代们日本自古以来的风俗习惯，符合现代节能环保的主题。更重要的是可以看到妙龄女子们身着浴衣的样子，实在令人欣喜。我不禁贼笑着连连点头，答应参加活动。

告别长老之后，我继续怀揣着向田小姐向泊小学正门前的活动会场出发。黄昏五点不到，男男女女老老少少已聚集了不下两百人。不但妈妈们穿着浴衣的样子很可爱，小朋友穿着浴衣的样子也非常可爱。日本以前的传统度夏风景突然在黄金道得以重现，真令人怀念。

校园庭院内事先准备好了一百八十个塑料瓶和七十个水桶，里边灌满了雨水和二次用水。参加者用长勺取水，听口令一齐向小学四周的道路上洒水。

我胸前揣着载着小猫咪的背包，单手拿勺，样子实在有些难

---

[1] 浴衣是和服的一种，是日本人夏季期间的一种衣着。

看。而向田小姐此时正吸着鼻子东张西望地看着四周，似乎被周围嘈杂的声音吓到了。

虽然已日落西山，但亚热带的夕阳仍炎炎照耀着柏油路，仿佛在告诉人们真正的高温现在才开始呢。在等待洒水信号时，我已汗流浃背，头颈里的汗水径直淌到腋下。

快热死了！太阳、人群的热气加上孩子们喧闹的欢声，令周围的空气变得越发的闷热。猫咪的体温比人类的要高出两三度，抱着向田小姐的我应该比周围任何一个人都热。

主办者简单致辞之后，发表了附近一米左右的道路温度。

“现在的气温是三十八点一度！”

话音刚落周围响起一片嘈杂声。冲绳因为终日有海风吹拂，所以不管温度再怎么上升也超不过三十三度。可是，日出日落之间太阳猛烈地照着路面，导致柏油马路的温度好似灼热地狱般滚烫。

洒水口令高声一发，两百人一齐向外泼水，不久便闻到一股雨水刚打湿地面时散发的独特气味。为了把水全洒出去，我身体激烈地晃动了一下，向田小姐一惊又躲回背包里面了。

顿时，在学校的四周围，呈抛物线状洒出的水滴在阳光中闪闪发光。不久，水滴与蓝天重叠，在夕阳斜晖的折射下，最终形成一条极薄的淡蓝色水幕，层层交叠在一起。

四周欢声鹊起。

“向田小姐，快看！”大量的水滴起到了三棱镜的作用，空中出现了一道小彩虹。我从拉链大开的背包口里抓住她的头使劲转向彩虹的方向。翡翠绿色的彩虹在刹那间释放出鲜艳夺目的色彩，闪闪发亮，又在下一个时刻，与水滴一同突然消失了。

不知道这难得的光影魔术在小猫咪眼中是如何一番景象。不知是不是她看见了这水花编制的奇妙世界，向田小姐睁大了她那本就浑圆的大眼睛。

典子……

那个瞬间我大脑里忽然想起了别的事情。这事和眼前的彩虹没有任何关系，可就在那个瞬间我突然想起了向田小姐的妹妹。

主办者向活动参加者宣告洒水之后气温降到了三十四点三度。在短短几分钟之内气温下降了将近四度，大大超过了目标值。活动非常成功。虽然这是一场朴实无华的活动，但我总觉得它加深了地区、亲子之间的羁绊。

活动结束后在泊公园有为孩子们举办的庙会，参加者们三三两两地纷纷向公园方向散去。街道又恢复了往日的寂静。

我呆呆地看着这样的风景，再次想起了典子。向田小姐和典子分开之后，这对猫姐妹就没再聚过首。原本我想等一切都稳定下来之后，再安排两只猫咪见见面的。但是，典子身上发生了一些变故。

会自己过马路的板凳。板凳做事很有亚热带岛猫的风格，酷暑天绝不会放过丝毫的阴凉处。

欧默罗町

忽然从梦中惊醒，发现向田小姐不在老地方。她的睡床在我枕头右边的坐垫上。

天都还没亮，她究竟怎么了……

我匆忙地起来扯开嗓子大喊："向田小姐！"只见她把前爪端放在我脚上，带着异乎寻常的奇妙表情坐了下来。

"原来你在这儿啊。大清早的在做什么呢？"

她轻叫了一声，从正面直勾勾地看着我。

或许她已经察觉到今天对她来说将会是个艰难的日子。因为猫咪的直觉总是相当敏锐，她一定是感觉到了。

"终于醒啦。快准备准备行装，随时出发啦。"不知为何向田小姐说话操着一口京都腔。

"你都知道了吗？让你遭遇这些，真对不起。"

"说什么呢，主人。从您收养我的那天起，我就已经有觉悟会遭遇这么一天了，我不怨恨主人。您就别操心了，放心吧没事。"

"要想在公寓里住一辈子，只能这么做。以后你就明白了，这么做你的身体的负担也小些，还能活得更久些。希望你能理解。"我抱歉地辩解道。

"您说什么呢。我本来就是只流浪猫，就我这身份，您还要了我，养育我。我要是再有什么要求，可就要遭天谴了。"

"你就别逞强了。如果你真的不愿意的话，现在改主意还来得及哦。”

“您就别开玩笑了。一切都是命中注定。而且，如果这么做了我就能和您一起共度一生了，像我这种心情你们男人不懂啦。”

原本我觉得向田小姐还是只小猫，看来她已经学会成熟地思考问题了。

“怎么感觉你像大人我反被当成小孩子了。”

“是的。猫咪的成长速度是人类的四倍，老把我当小孩您可是会吃亏的。”

不知她从哪里学得这些话，被她这么一说我也无话可说了。

“我们应付男人的时间也比人类要长。女人心里总有些小心思的，虽然表面上凡事依靠男人，其实心里有些许地方把男人当小孩子看了。”

“哦，原来是这样啊。”

“是的，就是如此。不管今天会发生什么，这一点都不会改变。所以，以后主人也一直是我的小孩子。”

“你还真爱唠叨。”虽然从中途开始我已对这个话题兴趣缺缺，但向田小姐表里如一的直爽个性我很是欣赏。

“我是只爱说话的猫，自然会很啰唆。虽然我为猫固执倔强、在家强势在外软弱、爱说谎、调皮、自私任性……但今后也请继续疼爱我。啊，时间差不多了，主人您得赶快准备准备。”

她说完“噌——”地一下跳到我的膝盖上，边用鼻头蹭着我的膝盖，边这么说道：“主人，我哪怕逞强都不会叫苦的……”

嗯……？

我忽然间瞌睡醒了，立马往坐垫那儿一看，向田小姐正蜷缩在上面熟睡着。

浑浑噩噩中，我终于从似梦非梦的状态中醒了过来。

昨天向田小姐做了绝育手术。上午九点把她托给医院，傍晚接她回来。接回来的时候她清醒着，但可能因为麻药药效还未退的缘故浑身无力，腹部被剃了毛的地方有一道明显的手术伤疤。到了家里她也没有要吃饭的意思，一趴到她的坐垫上就立刻睡着了。我忍不住摸摸她的额头，她努力地想把眼睛睁开，可最后也只能够微微张开少许。不到两公斤的小身体能够经受住手术的痛苦，在我看来这简直堪称奇迹。

虽然我还有工作要做，可向田小姐这副样子我实在无法回到工作室去。我把所有的资料通通搬到向田小姐休息的和式房间里。可我还是没法集中精力看资料，最后我只能担忧地一直看着一动不动的向田小姐。

“呜……”午夜过后她发出一声呻吟。可能因为麻药完全退去了，她从沉重的睡眠中醒来之后，伤口痛处引起的。她迅速把自己拉回现实世界了。

“向田小姐！”我压低声音试探性地叫了一声。只见她忽地坐了起来，晃晃悠悠地要爬上我的膝盖。

我轻轻地抱起她，感觉她分量变得更轻了。我把她放在自己盘起来的腿上，她的体温渐渐传来。毫无疑问这是生命之证。

——她挺了过来！

而我所能为她做的一切只剩下祈祷和陪伴了。

猫咪是一种早熟的动物，出生后五个月开始发情，而且发情之后它们的身体会产生一些变化，一旦错过避孕的时机，反而会增加它们的性压力。

在收养向田小姐之前我和直子小姐商量过，要在向田小姐生后半年到开始发情之前给她做绝育手术，而刚收养那会儿向田小姐就已经七个月大了。虽然看起来还是只小猫仔，但她时不时地会表现出成熟的一面。当她伸直双腿，认真仔细地梳理大腿部猫毛的时候，就已透露出几分成年猫咪的感觉了。和她稚嫩的长相不同，肉体上她即将步入成熟期。她的专职医生也说，差不多是该绝育的时候了。

于是我下定决心让她动手术了。手术需要麻醉，这对她来说应该是件相当痛苦的经历。一想到这点我就觉得很心疼，而且那时我自己的心境也发生了变化。

“我想看看向田小姐的小孩……”不知何时起我心里的某个角落住进了这样的想法。或许因为我把她养到这么大，自然而然产生了这样的感情吧。这是极其自然的道理。单纯的因为宠物可爱是无法养育它们的。宠物和婴儿一样需要人照看它们上厕所，擦去眼屎，洗脏屁股，保持清洁。这样的日子越长久对它们的疼爱就越多一分。

和向田小姐相处了半年多，我对她的爱更是如泉水一般源源不断涓涓不息。虽然我是把向田小姐当伴侣领回来的，可实质上我对待她就像对自己的孩子一样，既当爹又当妈。很自然的，我会想看看与她血脉相连的孩子。

可最后我还是放弃了。因为要在公寓九楼散养宠物是不可能的，她永远都没有机会遇到公猫谈恋爱。

还有就是我一想到典子的事情，就不想再散养宠物了。

向田小姐的妹妹典子一直没能找到愿意领养她的人，而日子却一天天过去了。据直子小姐说，后来她家原来的宠物猫小花变得极度紧张。前文我就提到了，猫咪的领地意识十分强烈，对于小花来说典子是闯入自己领地的入侵者。这样一个外来猫咪和自己的主人亲亲热热，原来的家猫小花心生嫉妒，有时候会发生激烈的攻击行为，打到对方见血的程度。

典子入住壶屋花园屋三个月后，小花的忍耐到了极限。另一方面，因为典子还是只小猫，所以无法理解小花的嫉妒心理，反而更爱黏着直子小姐了。

“可能因为向田小姐突然不见了，典子整天黏着我一直叫，一直和我讲话直到睡着为止。”直子小姐被逼到了绝境。其实当初我把两只小猫一起收养了才是最正确的选择。因为我只领走了向田小姐导致小花和典子之间的事态演变得更加危险。

我和向田小姐的生活无比快乐，然而这份快乐却导致了这样一个事态，我不禁开始怀疑自己是不是作了错的选择。这种自我责怪的心理使得我对典子的爱变得愈发强烈，并逐渐地令我的心情走向崩溃的边缘。

强烈的自责感是抑郁症的主要症状之一。归根结底是我自己跳进这种情绪之中，无法自拔的，而且，我的行为还徒增了直子小姐的烦恼。至今为止她曾给许多流浪猫找过家，把姐妹猫分开对她来说恐怕也甚是痛苦吧。她肯定知道猫咪们的关系会因此恶化。

就在事情发展到这个地步的时候，突然出现了转机——忽然找到收养典子的人了，那人竟然是直子小姐的父亲。一定是看到女儿苦找收养人不成，实在看不下去了才决定自己领养的吧。

因为工作上的关系，她的父亲现居住在东京，所以典子即将离开那霸，被送往千里迢迢之外的东京。虽然我早有觉悟，知道典子一旦被人领养，两只猫咪就会永远分别，但我做梦也没有想到事情最终会发展成这样。

典子要去东京这事自然令我觉得很有些孤单，但令人安心的是领养人是直子小姐的父亲，而且，应该偶尔还能听闻典子的成长点滴经历。虽然距离远了，但两只猫咪的缘分可以就此紧密联系在一起了。

直子小姐一定相当高兴。此刻收到一封她发过来的愉快的邮件，只不过收件人并不是我，而是向田小姐。

敬启者典子：

姐姐，你在那边过得好吗？我哦，闻名邻舍啦，大家都说我超级不认生，有亲和力。谁让我一看见人就想和对方搭话呢。这个性是不是有些古怪呀？

那啥，最近经常被对面住着的阿姨姐姐问黑白色的猫咪怎么不见了，她怎么了呀。我都有好好告诉她们姐姐被一个作家领养走啦。

还有因为我睡在外面的庭园里，所以被虫子咬得痒到不行。花园的直子姐姐有帮我清洁哦。直子姐姐也光着身体和我一起泡澡，这真的是“坦诚相见”了吧。

对了对了，我要去一个叫作东京的地方了，去直子姐姐的爸爸家生活。虽然没能在临走前打个照面，但我会过得幸福的。姐姐你也要保重身体，幸幸福福哦。

P.S. 听说作家家住在九楼，注意别在阳台玩耍哦，太危险了！那就这样吧，再见——

我立刻代向田小姐给典子回了邮件。

典子，真是太好了。我还一直挂念着你呢，我怎么可以留下你一人自己偷偷过着幸福的生活呢。这下子我终于可以安心了。我原本以为只要活着我俩总能见一面的，你要是去了东京的话，估计这个愿望就实现不了了。虽然我们可能就此离别了，但从此以后请想着自己的幸福好好过哦。我们一起努力快乐地生活吧。保重哟。

典子失踪是在几天之后。就在接种完预防疫苗，只等着父亲来冲绳接她的时候。

平时只要壶屋花园屋的门一开，典子就会冲进来。那一日，从早上开始就没见到她的踪影，到了下午也不出来要吃的。等过了一晚上也没见她回来之后，我们确定典子遭遇了特殊情况。

直子小姐很快告知了四方典子失踪的消息，顿时引起了大骚动。花园屋作为搜查总部，动员了直子小姐的女性朋友、常去的酒吧的酒保、常客、互助组织团队，还有住客，加起来十几个人立刻进行搜索。

这个地区虽小，可路上有很多小道、死胡同和旧街，错综复杂，不知从哪儿搜索起好。加之冲绳一楼用作停车场、只有柱子支撑的住宅特别多，有这些柱子的地方多为野猫的栖息地，这些地方也需要一一搜寻。搜索行动遇到了困难。我们最怕的是典子遇到事故撞到车子，但我们并没有收到这方面的消息。

我因为熟知樱坂到壶屋一带的猫咪的领地，所以在这一带进行查找。可完全没有典子出没过的迹象。

综上情况分析，典子一定是被人诱拐了。典子不认生一定是黏着那个人走了。她这么亲近人只要抱一抱就知道她不完全是只野猫。对方肯定因为她太可爱一时冲动就抱走了。

估计事情的始末大致就是这样了。壶屋花园屋沿途的道路是居民专用的生活通道，禁止其他地区的汽车出入，在这里走的人大多互相认识。

从外面来的人突然走进这条巷子的可能性很小，所以，对方要么本来就了解这里，要么就是对当地地理情况十分熟悉的人，否则不可能走到这儿来的。这么分析下来的话，掳走典子的应该不是住在这里的人，而是住在离这儿稍有些距离的地方的人。

这样算来的话那霸的范围可就大了，结果，过了一周典子都没有回来。哪怕再怎么动员人手，都没有什么希望找到她了。

直子小姐变得满脸憔悴，连打个招呼也是一副疲惫样。好不容易找到领养人还有几天就要转交的时候居然发生这样的事情，真是太悲剧了。

打那之后我在和平街后巷、神里原附近也寻找过，在野猫们栖息的胡同里叫唤典子的名字，遇到野猫群居的地方就问附近的人“有没有见过一只淡咖啡色的迷路的小猫”，可无论怎么找都抓不到任何线索。

我把搜索范围从典子失踪的壶屋・牧志地区扩大到欧默罗町。可就算我这么找都没找到，恐怕典子是被人用车子拐跑的。

因为新兴住宅区欧默罗町有许多可以饲养宠物的公寓、住宅楼，所以我想到了这个可能性。欧默罗町俗称“新都心”，地跨国道五十八号线沿线的天久地区到北侧的铭苅地区。战后，曾作为美军的住宅区受制于美军管辖之下，归还之后被开发成了一大商业地区，开发工程现在仍持续着。在十年不到的时间内就有三家大型购物中心、本土化的电气产品和衣物类大卖场开业，酒店、高层住宅楼、饮食店也陆陆续续建了起来。只不过哪儿哪儿都褪不去杂乱铺张的印象。以前，我曾带从内陆来游玩的女性朋友参观过位于新都心中心部的县立博物馆・美术馆。她一到目的地就目瞪口呆了。代表冲绳的文化设施建筑的正对面是耀眼夺目的大型小钢珠店的夸张招牌和霓虹灯，而且博物馆两侧还是购物中心。会形成这样的奇观必然中间有它复杂的发展经过，但对观光客来说这景象无疑令人瞠目。

我在黄金公园散步。
新都心的高层楼房已经逼近这里。

有名的火之神御岳——泊大阿母祭台。供奉的是保家宅的神明，故参拜者络绎不绝。

街道嘈杂的模样加之路上车水马龙，所以这里很少能见到野猫游荡。就我所知有圈地的也就居住在运动公园的停车场的七八只猫咪而已。我以这附近作为中心点试着寻找过典子，可中途我就意识到这并不可行。在欧默罗町包括公寓、住宅楼在内的多数建筑物都安装有自动门和最新的保安系统。从外面根本无法知晓里边是不是养有宠物。

我也曾特意带向田小姐过来寻找过，试想典子或许会闻到她的味道。可那终究也是徒劳无功。结果，我便开始经常边散步边寻找典子。

虽然欧默罗町到处都是混凝土、柏油路，可它与毗邻泊地区相连的黄金森林公园却另有风味。那是一个气氛静谧的地方。公园就地而建，满片绿地，树荫下有几处留有古老的御岳和祭台。作为圣地的御岳和祭台，其中有多处周围的岩石、老树、井等天然景物也被人们当作信仰的对象所供奉。

因为城市建设这片土地被过度开发，但圣地终究是圣地，御岳还是保留着它原来的模样。

泊北公园在地图上位于黄金森林公园的正下方，那霸知名的“泊大阿母祭台”就在其中。在冲绳，人们把厨房的神明称作火之神，人们习惯朝夕拜祭这位 HINUKAN 神，也就是内陆人民所说的灶神，他的存在接近三宝荒神[1]。

---

[1] 三宝荒神：日本佛教中独自发展而来的神明，是一位惩治恶人，守护佛、法、僧三宝的神。又因其现慌乱愤怒之相被称为荒神。

在内陆厨房和炉灶被视为纯洁之所，为一般家庭所信仰。在冲绳也是出于同样的原因，大阿母作为消灾之神为人们所信仰，被视为与家人最亲近的神明。

泊大阿母祭台是火之神的总神社，别名“泊祝女殿地火之神”。如今居民把祭台当作休息纳凉的广场。黄金森林公园和附近的公园也陆续出现了这样的圣地。

绿地因此被规划得很漂亮，继黄金森林公园和欧默罗町之后天桥上也开始规划种植野花。花丛里种植的三叶草表面开着一朵朵白色小花。坐在旁边的长椅上，眺望碧蓝的天空与白色小花形成的鲜明颜色对比，着实令人感到无比舒爽。

有一次我出门去找典子的时候，把向田小姐从背包里拿出来放在三叶草草丛中。她一下子惊到了，愣在那里。要是平常的时候，她早就嗅嗅鼻子，钻进草丛乱跑了。可那次不知道为什么她一动不动，没有要去嗅周遭气味意思。——这是怎么了呢？

我蹲下想抱起向田小姐，不经意间映入眼帘的风景让我明白了向田小姐畏缩的原因。在人类看来无非是一片野花丛，可在向田小姐看来这片野花丛就像是一片绿色的原始森林。就连草丛中泥土的触感都让她十分在意。她不断地甩着后腿试图甩掉粘在肉球上的潮湿泥土。想必是向田小姐数月来都生活在榻榻米和地板上，对泥土不熟悉吧。看来她完全变成家猫了呢。

我想起了典子。现在觉得收养一只或者两只其实并没有什么差别。当初找借口说自己经常出差不在家，可现在和向田小姐生活在一起了，发现即使我不在家，她也不会在家捣乱，舒舒服服地过着她的日子。遇上要花上三四天采访的日子，会有朋友特意住到我家替我看家。典子要是也住在一起的话，那我的猫咪生活一定比现在过得还快乐。一想到这儿我就后悔不已。

掳走典子的人怎会知道这对直子小姐、我和朋友们是多大的打击。不知道对方是谁，令我有气无处发，徒留一身空虚感。那一刻我深深地觉得人类很残忍，硬是将两只猫咪拆散的自己也很残忍，毫无慈悲之心。人类把自己以外的生物叫作畜生，可人类所做的勾当连这些畜生都不如，简直灭绝人性。或许有人会觉得只不过弄丢了一只猫咪，何必如此小题大做，但其实这话包含了我的自省，告诫自己如今的人类社会连一只猫咪都保护不了。

之后我带向田小姐去过两三次公园。渐渐地她不再害怕野花丛，到最后，把她放在里边她也能自娱自乐地玩个痛快了。用前爪抓抓三叶草花瓣，吃吃杂草，有时发现了什么东西就忽地钻进草丛中，渐渐地她玩耍的范围越变越大，游戏新花样也越来越多。

向田小姐似乎厌烦了逗猫棒，她在家里的运动量越来越少。可到了公园里，状态就完全不同了。她时而跳起来抓翩翩起舞的蝴蝶，时而追赶绝对不可能追上的蝗虫类飞虫，又或者眼神犀利地盯着在上空盘旋的小鸟，视其为自己的猎物。她在无形中用身体自然掌握了野性本能。

原来如此。在大自然中不需要什么逗猫棒，我再次切实地领悟了一把这么简单自然的道理。她奔放贪婪地活在当下的每一分

长满三叶草的天桥是向田小姐成长玩耍的地方。

每一秒。对动物来说过去只不过是为了生存下去而累积的智慧，为此它们努力地用身体实践体验着，而这个过程中不存在任何伤感的成分。

对于成长速度是人类四倍的猫咪来说，它们没有时间闷闷不乐地纠结于过去，或者沉浸在那些甜蜜的回忆里。对于向田小姐来说当下这一刻才是一切。表面看起来她在与花草虫鸟玩耍，其实这是她为了生存下去而累积的实践体验。

看着这样的她令我的心情也发生了变化。过去每逢遭遇什么事我总是单方面地往坏处想，其实换个角度思考一下或许就会发生有不同的际遇。

典子也有可能是被别人当成流浪猫，心疼她才带她走的；又或者带走她的是原来饲养她们两只的主人。而且典子的成长路上原本就与人十分亲近，如果原来的主人碰巧再次看到她，把她带走了的话……只要那人不是个极恶之徒，应该会反省自己之前的所作所为，以后好好照顾典子吧。

就算不是这样，动物与人不同，它们不记过往，贪婪地活在当下，不然它们就无法生存下去。所以，不管被哪户人家收养了，她都存活在这个世界上，她都应该茁壮地成长在这个世上，精神好得令主人都头疼。

这样算来，虽然我和两只猫咪地处位置不同，但我们共处在同一个时间里。现在我只要相信这一点不就足够了吗？

当然我是不会忘记这件气人的事情的，估计将来也不会想通的。只要和向田小姐生活在一起我就不可能忘却掉这件事。只不过，就算是难以释怀的过往，既然无从追溯，那就别再把事情往坏处想了吧。就当是为了活在当下的典子吧。

本来嘛，与其花时间怜悯她的遭遇，不如在千里之外祈求她的幸福，互通心意来得更重要。与其担心这个担心那个，我现在更加感激自己能与这两只猫相遇。爱着她俩就好，我在内心深处坚定地暗下决心。

我花了很长时间才这样说服自己。在这段时间里我从心底里疼爱着这两只猫，那种心情直到现在也没有变。失踪事件之后，我每天照顾向田小姐的时候就想起典子，没有一日不思念她。

“两只猫是一心同体的，不管怎样典子和向田小姐都是流着同样鲜血的亲姐妹。”想到这里，我才终于下定决心给向田小姐做避孕手术。或许我是在给典子留情面，这种心情直到现在我都不能准确地表达出来。总之，我下决心不再养别的猫咪了，因为我确信自己是真的喜欢这两只猫。理由就是这么简单。

天快亮了。不知何时我又打了个瞌睡。

小鸟们鸣声啼叫，清晨的天空越来越亮，柔和的阳光透过落地窗洒了进来。向田小姐在我盘起来的双腿上安静地醒了，然后反射性地抬起头，想把上半身也抬起来。

“你没事吧？”我摸着向田小姐的脑袋，轻声地问道。她拉长前腿伸了个大懒腰。开始整理毛发的时候，她果然很在意缝合处的伤口，不停地舔舐着毛被刮掉的下腹部。

“开饭吗？”

“喵——”向田小姐果断地回答道，蹦蹦跳跳地跑进了厨房。我像平时一样把猫粮倒进她的餐盘里，装七分满。向田小姐立刻津津有味地吃了起来。不一会儿就全吃光了的她看着我，对着我用力地喵喵直叫，像在告诉我她还没吃饱一样。术后，向田小姐似乎以惊人的速度恢复了。再要到一碗猫粮后，她吃得比平时更香了。吃完后她一如往常，再次回到客厅的落地窗前坐成香箱座。

太阳从东海面升起，阳光变得愈加耀眼。向田小姐一直看着那片天空。看来到了她每早例行的哲学思考时间了。

“你做到了。真了不起！”我关怀地安慰道。

向田小姐立刻用她那圆溜溜的眼睛看着我的脸，小声地叫着诉说道：“主人，之前不都跟你说好了，哪怕逞强我也不会叫苦的……”

说完她又把头转了回去再次弓起身体，看着越发晴朗的炫目夏空。

第三章……走遍御岳的大街小巷，迷失在市场的迷宫

天久墓地街道

那一年（二〇一〇年）的十月末，冲绳地区遭遇不合时节的台风。大雨过后的那霸秋高气爽。当大陆过来的高气压缓缓压境之际，新北风吹起，宣告夏去秋来。但此时白天依旧酷暑难耐，地处亚热带的这座小岛季节循环在夏秋往复之间。

就这样的某一天，我带着向田小姐去泊外国人墓地散步。虽然冠上了泊地区的名字，但外国人墓地夹道比邻天久地区，用地相当于两个地区的边界线。

书本有记载："位临那霸市泊港北岸，地处圣现寺东南侧的台濑。墓地一角立有佩里准将登陆纪念碑。埋葬在此地的皆是外国人，被称作荷兰墓地，亦称外国人墓地。其中最古老的墓为康熙五十七年（一七一八年）被埋葬的清朝人之墓。"想必这里最早是中国人的墓地吧。

文中介绍说圣现寺奠基于成化年间（一四六五年——一四八七年），本为真言宗[1]寺院。但由于源起熊野权现[2]、被誉为琉球八社之一的天久宫就位于它的旁边，圣现寺一直以来被当作别当寺（具体体现神佛融合思想的寺院。寺院建于神社内，是进行祭祀祈祷运营管理的地方）来运营。

根据记载，王朝时代这附近曾设有公馆进行交易事务管理，同时附设有官营仓库收纳周围离岛、宫古岛、八重山列岛、奄美列岛送来的贡品。

此要地见证了当时的琉球王国面向海外诸国开放、海纳百川的史实。因此，当时除中国之外的许多外国船也会靠港，其中有些人刚登陆不久就死了。外国人墓地就是埋葬这些人的地方。这片遗迹表明了这座小岛与他国的深厚关系。

不仅从中国、美国、英国、法国、瑞士等国来日本的人被埋葬在此，有些漂泊过来的流浪者也葬在此地。此处亦被称为荷兰墓是因为当时的琉球人把所有的外国人一律统称为“荷兰人”，与战后日本人把留在日本的外国人统称为“美国人”如出一辙。

时代变迁，美军支配的时代过去之后，战死在朝鲜战场、越南战场的美国兵，以及同冲绳女性结婚的美军相关人员也沉睡在此，数量有三百六十多个之多。直至现在仍有新鲜的花朵献于墓旁。而且墓地铺有一层淡绿色草皮，看起来就像是一座欧式庭园。

平时这里很少有当地人或者观光客访客。从墓地周遭的道路上就能清晰地看见成列的十字架和墓碑，所以我自己也没有打开墓园门走进去过。而我这次特意来外国人墓地的原因是为了替第二年就要出版的琉球·冲绳文化史的书取材。

搬来冲绳后不久，一时兴起开始了写作生涯。著写的书多以旅游报告、贫民美食等软性题材的随笔为主，贡献给冲绳文化的文学类作品或者可能受争议的作品我还未曾触碰过。本来我就是

[1] 真言宗：日本佛教主要宗派之一。
[2] 熊野权现又名熊野神、熊野大神，是供奉在熊野三山（即熊野本宫大社、熊野速玉大社、熊野那智大社，共三个神社）的神明。

十八世纪来到琉球的中国商人被葬在泊外国人墓地。此景点最适宜边散步边回味历史。

个没什么出息的作家，所以从未接到过这种大题材的写作邀约。不知道对方哪里搞错了，S出版社的编辑请我编写一本关于琉球·冲绳通史的作品。对于我这个对各个地域博而不深、长吁短叹的作家来说，这次邀约很具挑战性。一旦我成功完成了这个任务，这将成为我开拓新领域的一个良好契机。如果运气好的话，我将成为能够掌握软硬两派题材的绝世作家。作家这条路我一路慢慢摸索而来，说不定不凑巧地就让我说中了呢。

从结果来说，虽然截稿日大大推迟得令编辑都愕然不已，但最后总算是出版了。更令我不胜荣幸的是日本大思想家柄谷行人先生，日本首席代表记者立花隆先生纷纷在知名报章杂志点评此书，实在是万分荣幸。不过这是一年之后的后话了。

说回和向田小姐散步的事。那一天手稿一行字都没写就出门寻找大约一百六十年前逝世的人物的墓去了。在众墓碑之中好不容易找到一个名叫威廉·伯特的美国人的墓，历史学家认定这里葬的就是“美国船员溺死事件”的犯人。

我无意在此长篇大论地大谈历史，但此事不仅影响到了现今冲绳、美国、日本内陆之间的微妙关系，还绕了个圈间接影响到岛猫们。所以，还请各位听我唠叨几句。

威廉·伯特是以大炮轰开日本国门的黑船舰队的船员之一。当时正值东印度舰队司令马修·佩里与日本交涉开国政策。琉球作为战略据点，军舰曾五度靠港冲绳。事件发生在一八五四年六月十二日，佩里第四次来琉球的时候。

那一日，登陆那霸的伯特非法擅闯居民家宅抢酒喝，喝到酩酊大醉，之后在街道上一阵徘徊之后，他再次闯入民居，对女性施暴。听到女性尖叫声的居民们纷纷拿起石头扔他，一直把他追到那霸港的岸壁附近。之后他不小心失足坠海溺死了。事件发生前三个月佩里刚签订完日美和亲条约，此时的他正是得意扬扬的时候。事实上，在此前一年也发生过令居民深感恐慌的事件。

佩里手下的部队在恩纳间切（现在的恩纳村）测量的时候，醉酒的海军士兵闯入市镇衙门和居民家宅强要供酒。可是，谁都没有回应他们的要求。一怒之下的士兵冲出家门射杀街上的行人。散弹命中居民，包括女性、少年在内三人负伤。

也就是说，现在在冲绳频发的美军士兵犯罪的案件早在幕府佩里来琉的时候就已经开始了。在这之后的第九十个年头，被日本本土视为弃子的冲绳又被卷入陆地战争，这回轮到日本兵拿枪口对着冲绳居民了。冲绳之战中，居民每四个人就有一个人身亡，冲绳沦为了美军的殖民地，被其支配统治。哪怕冲绳被归还之后，强奸等美军所犯罪行依然猖獗。

在冲绳可以确定的是“军队是不会保护居民的”。可事情还不仅仅止于此，军队不仅虐杀居民，连动物也没放过。

昭和十八年（一九四三年）为防止空袭时动物跑出来造成恐慌，全国各地动物园内的动物被处死的事件在各儿童文学刊物及其他报章上均有介绍。可鲜少有人知道那之后不久，就连一般家庭的小狗也被强制交纳出来打死了。

《连猫咪都知道的？有事法制》（小西诚·如月弥生著 / 社会批评出版社）一书中详细叙述了这一惨剧。根据此书记载，当时军方在居民小组的宣传廊上呼吁大家“犬类也能为祖国作出杰出贡献，把它们都交纳出来吧”，“狗的皮毛可以用作空乘员的航空帽，遮盖飞行器的资材、飞机的发动机，还可以给驻扎在寒冷地带的将领士兵们防寒用。动用所有能用的动物皮毛”。

说实话我已不忍再说下去了。都是为了人类不再犯同样的错误，谨防人们无视严峻的历史事实，我才特意引用原文。

> 但是，在猫狗同样被虐杀之前，它们曾被实际运用在战争中。一九三八年四月二十八日的《朝日新闻》中就有报道，标题为“新的副业家禽的饲养法　毛皮可作外套的内衬”。……说起一九三八年，国家总动员法已制定，时处太平洋战争之前。这个时期的日本军需物资不足，猫毛皮被实际运用了起来。之于人类，猫和狗给了我们太多慰藉。可这些治愈人类心灵的动物却在战争中被充作“军需物资”。

就这一点，便可足见人类比其他任何一种动物都愚蠢。

军队别说保护居民了，他们连猫狗都保护不了——

和向田小姐生活在一起之后，我开始更加认真地思考这个问题。说起“人”，我们总是会以人类为中心来思考，如果换位以全体生物的角度而言的话，人类作为上苍赐予的万物之灵长，至少绝不会被允许做出这样的事，这是不容分说的事实。

话说回来。

在一八一六年乘坐生命号舰船来到琉球的英国海军舰长巴希尔·霍尔所著的《朝鲜·琉球航海记》（春名彻译/岩波文库出

版社）里，真实载有泊外国人墓地的素描画。图片标示了一位病死的海军乘员的埋葬地，从图片里可以清楚地看到当时的外国人墓地被一片郁郁葱葱的松林所覆盖。背景里可以看到拱形石桥与港口。据注解所释，石桥是泊高桥。现在此桥已是钢筋混凝土改建的，很煞风景。当时的石桥可与之截然不同，夕阳映照下的石桥简直堪称景观名胜。为了方便船只往来，桥的拱形面建得很高，故得名“高桥”。图中桥的形状清晰可见。

我有妄想症，平时喜欢做白日梦，想像力也比较丰富。哪怕看着只有等高线的地图，不一会儿脑中就能浮现出山川连绵起伏、溪水潺潺的模样。巴希尔·霍尔的画也是，虽然原图没有颜色，但我脑中已然出现一幅郁郁葱葱的松林、山崖，在蔚蓝无边的天空、大海之间映衬着乳白色石桥的画面。再定睛一看，仿佛连荡漾的海浪声和穿梭在林中海风的声音都能听到，看到了诗人金子光晴在《马来兰印纪行》中叙述的东南亚港口城市的景色。昔日的冲绳充满了异国风情。

现在的泊高桥岸边立有一块刻有和歌的碑，恋歌映写了当时的景色风韵。

银搔头遗泊桥下　质明寻之

这是一首作者不详的恋歌。银搔头指的是银发簪。歌词大意是：“把重要的银发簪落在泊高桥上了，不知道天明之后还能否找到。”估计男女在桥上谈恋爱的时候，女的不小心把银簪掉进海里了吧。另一种说法是此歌描绘了恋人安慰忧心女孩的情景。整首歌飘散着浓浓的男女幽会的香柔气氛，透过恋歌仿佛能够听见朦胧的夜晚，发簪消失在海浪中的声音。

而我，此时不得不注意别让背包里的向田小姐掉出来。向田小姐似乎很在意外国人墓地里的十字架，为了确认那是什么东西她又开始嗅鼻子。抄下刻在伯特墓碑上的英文之后，我朝离这儿不远的天久宫和圣现寺出发了。

装在背包里的她体重大约有三公斤左右，明显重了不少。这沉甸甸的分量使我这原本就有肩周炎的双肩有些不堪重负。

伴随着一天天的成长，向田小姐也越来越没兴趣出门散步了。她白天一个劲儿地睡觉，仿佛睡眠能给她带来无比的幸福感一样。万一吵到她睡觉了，她还会很嫌弃地瞪我一眼。

如果我用“你这表情是什么意思啊！你想干吗？！”的眼神瞪回去的话，她就会“呜哼”一下跟我叫板，然后搬到另一个地方，无视我继续睡觉。

“要是这样干脆绝交算了”，我俩时不时会陷入冷战状态。幸好，我俩都不是记仇的个性，过几个小时就没事了。只不过，向田小姐的性格明显变得与小时候不同了。

(或许也就趁现在能这样散步吧……)

虽然能在身边看着她一步步成长是一种至高无上的幸福，但另一方面，寂寞的心情也会因此变得越发的强烈。

那天上午我俩才因为猫粮的量吵过架。我一如既往地倒入了平时的量，然而腰围、身体曲线日渐丰腴的向田小姐似乎对这点饭量很不满意。

“盛个饭都那么小气，真蠢。你要这么对我的话，这日子我们没法过了。”

“我哪里小气了。我又没减少过你的食物量。你一天睡到晚，我是怕你胖！”

我俩就这样互相谩骂。总计，第九次绝交。

为了缓解这尴尬状态，我半推半强求地带着向田小姐出门了。吹着风感受季节的变化，不知不觉间心情明亮了不少。

冲绳的神社、佛寺在战争中被烧毁之后，为了抵抗台风用钢筋混凝土改建，因此没有运用屋檐、丝柏树皮和黑瓦，缺乏京都、奈良等寺庙城市的韵味。圣现寺和天久宫也一样，虽然部分使用了红瓦，但整体景观马马虎虎。

现在的圣现寺里除了外国人留下的画，没什么早年的东西了。在《佩里日本远征记图谱》（豆州下田乡土资料馆编 / 京都书院出版社）刊有插图“泊村的寺庙”。从插图来看，寺庙院内多处可见砌瓦的建筑物。图中还绘有挂在原木上的院钟。图片中央有一个正在指挥拍照的人和其他四人（其中三个是琉球人），前方有一只猴子被拴在树旁。

根据注解我们可以了解到，拍照的是住在圣现寺近郊的银版摄影师。根据记录追溯，在这里拍的照片应该是包括琉球在内全日本最古老的照片。可惜传说该照片已被焚毁，至今未被发现。琉球和日本最古老的照片的拍摄对象竟是琉球人，真是令人意外的戏剧性结果。

可以看见插图右后方有成排南国的树木。远方绿茵成林，似乎当时寺庙的庭院范围比现在的要宽广得多，寺庙的庭院样式也极具琉球的独特风格。现在院内都是柏油路停车场，比起当年的美景，简直遥不可及。可能就是因为这个原因，到了圣现寺的大门前，吸引我眼球的不是眼前的建筑物，而是右手边的几个物体。我直接绕过寺庙，信步走了过去。

有时在后巷闲逛时，会误打误撞地走进意料外的地方。而这时的我，正好走进了最意外的地方。

我刚说的几个物体其实是墓地。

关于冲绳的墓前面我已经讲了很多了。不要觉得我又要开始唠叨了。我这个人喜欢樱花，每年一到春天就去京都赏樱，我不单喜欢“赏樱”，“赏墓”也是我的兴趣爱好之一。形似龟壳的龟甲墓，被认定为世界遗产的王室墓地“王陵”的破风墓等，冲绳的墓形状沿袭了中国的风格，能够欣赏这些琉球王国时代的历史遗产实在是一件颇有意思的事情。

“究竟是怎么一回事呢……”我的兴趣就这样被勾了起来。

琉球的墓似乎对佩里舰队的人员也很有吸引力。据当时船员的记载，“那个墓相较周围的风景十分显眼。其实，第一次接近琉球岛的时候，眺望海面对岸，我还以为对面的白色墓陵是欧洲的街道呢。”巴希尔·霍尔也记录过，“看到了好几个与中国一样的马蹄形墓——龟甲墓。”

看来正打算去一探究竟的正是一百几十年前的蓝眼睛的人们看到的风景。当然其中不少墓已经在战争中遭到破坏，圣现寺和天久宫被烧毁后，迁移到了略北面，所以和当时已不全然相同。不过，地理位置变动不大，发挥下想像力的话，还是能够感受到当时的些许氛围。

走近之后，发现每一个墓都很大，墓前的庭院宽阔，足够十几个人一起参拜。虽然不出所料所有的墓都进行过改修或者补修，但大都是有些岁月的古物了。佩里舰队看到的白墓可能是琉球的石灰岩，如今改成混凝土之后颜色比较偏灰。

有趣的是墓的朝向。在冲绳，如果墓沿海而建的话，墓穴一般面向大海。建在天久崖上的这个墓群，旁边就是东海。我以为它也会正对大海，可其实墓穴朝向东南西北各个方向，看上去像是在空着的土地上匆匆忙忙建起来的一样，十分奇妙。

一大片墓地，估计总数有几百个墓吧。其中许多墓建得毫无秩序，乱七八糟。墓和墓之间歪歪扭扭地铺着混凝土的小道，就像是水田地里的走道一样。而且走道到处是死路，我来来回回折返了好几次，越走越没有方向感。等我意识到不对的时候，已经在原地绕圈走了好几回了。这种现象一般出现在浓雾天或者深夜，走错路失去方向感之后又重新回到原来经过的地方，多为登山时或者沙漠里的遇难原因。

如果没有明确的标示，有时在街上或者平地也会发生这样的事情。几年之前，某个晚上走进国际大道后面的小路时，在一大片房型都一样的住宅区内我就遭遇过这样的事情，当时真是吓得一身冷汗。

说实话，这事确实有些可怕，而且发生在白天其实比在夜晚的时候更可怕。因为谁都不会料想到大白天会遇上这种事，而我就在晌午过后人迹罕至的墓地里迷路了。放眼望去，满眼皆是巨大的龟甲墓和破风墓的墓檐，根本看不到出口在哪儿。连排的墓壁像是一张结界覆盖了通向外界的道路，不管往哪里走都像是在同一个地方打转儿。反复几次之后渐渐地开始失去时间感官，我变得越发彷徨了起来。

在内陆，人们称这种现象是狐狸在迷惑人，而对我来说这一刻我总觉得自己被猫迷惑了。

墓地是野猫和烂醉的人常接近的地方，因为墓地里供奉有食物和酒，走进墓地就能很轻松地得到这些东西。这一带虽人迹罕至却有很多野猫。发现了我的野猫们悄悄地探出脑袋又消失在墓地前方的道路，一双双眼睛直直地盯着迷路的我和向田小姐，我感觉背后冷飕飕的。

或许因为察觉到了我的步伐和步距发生了变化，向田小姐也感觉到了事态不对。她吞了吞口水注视着正在努力脱困的我，全然顾不上上午我俩还在冷战的事情。这一刻，感觉在我和向田小姐之间有一股强烈的羁绊将我俩萦绕在一起。这一刻，我从未如此庆幸过还好自己不是一个人，哪怕对方只是只猫咪，只要有伙伴在场，心里就能轻松许多。

在这种紧要关头保持冷静是唯一解决问题的出路。确认太阳和自己有印象的建筑物的位置，再决定自己应该朝哪个方向走就行了。我一路沿着正对前方公寓的方向，绕过小路和草地，终于找到了圣现寺和天久宫的道路。

从黄泉的世界走出来的我调整过心情之后再次向天久宫出发。可是那天，我又马上遭遇了黄泉路。

天久宫的位置在圣现寺和县立泊高中之间，红色的鸟居十分显眼，所以位置很容易找。鸟居的对面是一片停车场一样的空地，严格来说，是一个很小的祭台，祭台石碑上刻着“贵布仁御

在墓地里的小路正中撞见了这只黑猫。撞见它的时候它正开始理它的毛发。

世”，但是祭台没有正殿和前殿。

“嗯？难道这片空地已经不在寺院庭院范围内了？究竟是怎么一回事呢。”

仔细一看，原来鸟居的旁边并排着一对无法判断是狮子狗还是小狮子的石像。阶梯就在石像下方。

“那意思是说要从这里下去咯……”

一般人们都是从鸟居的中间钻过去的，但天久宫的鸟居竟然是从旁边过去的。“完全就没有建鸟居的意义嘛。”我一边这么想着一边往下走了二十几阶楼梯后，看见一间古旧的神社事务管理所。

远处就是板壁围成的前殿和菩萨堂，前殿正前方有洗手洗脸的水屋，看来这里还在寺庙范围之内。院内地方很狭窄，建筑物和建筑物之间挤得很紧，和内陆的神社比起来外观上趣味截然不同。

本来以为神社事务管理所里会有人，但完全找不到人影。看来这个神社无人管理，我内心有些不舒服。

看看前殿发现神明的镜子就安放在那里，正殿在前殿的背后，后面就是琉球石灰岩形成的山崖。按照神社的式样来说正殿属于流式[1]。

根据神社资料记载，成化年间（一四六五——一四八七年），

[1] 原文：流造。流造是日本神社建筑样式之一，其特点是正面、屋顶向前方延伸，形成优美的弧线。它形成于奈良时代末到平安时代，从此传遍日本各地。

为造福众生熊野权限现世，国家守护神弁财天降临。正殿旁边就是与其历史渊源有关的弁财天的祠堂。神社的信仰形态沿袭了内陆的神道作风。

前面提到天久宫身为八大官方神社之一，受到过琉球王府的特别保护，所以它的格调也高别家一筹。这八大神社无一例外都受到真言密教的影响，用祝福祈祷和咒语乞求神明佛祖的加护。原来如此，看来邻接的圣现寺也是真言宗的寺庙。

冲绳的信仰受到中国道教的影响，以招福消灾为主。因此宗教对于儿孙满堂、大富大贵等现世的利益抱有强烈的期许。尤袖信仰[1]也同样受到其极大的影响。可以说王府官方经营的神社对植根现实利益信仰一事贡献不小。

原来如此，我频频点头表示理解。可同行的向田小姐似乎对这些事完全不感兴趣。或许因为在背包里颠簸就像身在摇篮里一样舒服，她沉沉地睡得很香。

突然，一阵尿意袭来，我赶忙张望四周，台阶处贴了厕所的标志，标志指向台阶下方。我顺着指示方向进一步向下方走去，走着走着有种错觉，好像自己走进了地下室一般。台阶最底下竟是一个洞穴，也难怪我会产生那样的错觉。洞穴似乎是一个天然形成的壕沟，整个贯穿山崖成形。

我赶紧观望四周，看看自己是不是搞错方向了，结果发现左

---

[1] 尤袖：原文ユタ。是冲绳县民间的一种巫师信仰。在冲绳尤袖多被认为是能看见灵界的生灵和动向的灵能力者。他们大多为部落村庄的人们占卜运势、判断吉凶、消灾解难等。

手边确实有一间厕所。正确来说，是突出的岩礁被钻开形成的凹坑。更令人意外的是那里竟有一座祠堂。祠堂正好位于正殿的正下方。从地面下来要走五十多阶台阶，可见其深度并不浅。上厕所的意愿没了，尿意自动停止了。

幸好现在有阳光从山崖的后方和缝隙中漏进来，等太阳下山以后这里一定一片漆黑。不过，究竟是什么东西被供奉在这样一个地方呢？祠堂里只看见一些烧掉的香灰，并没有神明佛像的踪影。

总之，我一个人走到这样一个地方来了。虽然这么说有些不敬，但此处让人感觉不太舒服，甚至有些阴森森的。虽说有向田小姐陪着，可她潜在背包底层睡得正香，完全没有要醒过来的意思。我整个人就处在这么一个孤立无援的状况下，而且刚才才在墓地里迷过路，看来今天时运不济啊！

一想到这里，我好想赶快逃离此地。可是，祠堂就在眼前我若不祭拜，还背对着神明就跑了的话，岂不成了不惧神明的无礼之流……害怕受到天谴的我怯生生地走近祠堂，照着参拜神社的规矩两拜两拍手之后再拜了一拜。

祠堂的左侧有一块刻了字的小石碑，字迹有些模糊。我凝神细看，——啊，原来如此……

知道此处就是御岳之后，我终于明白了。在御岳里天然形成的物体本身就是神明的巨像，因此，这个洞穴，这个岩礁本身就作为灵石为人所祭拜。也就是说，天久宫地上有正殿和前殿立于鸟居正下方，而在更下方的地下还有一个御岳，是一个结合了地方宗教信仰和内陆神道的宗教设施。如果算上圣现寺的话，这里

冲绳少有的洞穴墓地——泊之夕凪御岳，保留了浓厚的自然信仰雏形。

还是一个混合了佛教信仰的地方。不管怎么说，看来我是误闯进了冲绳最古老最稀有的地方。

后来我调查发现，这里并不是一开始就是这样的。二战前圣现寺和天久宫位于现在的泊高中校园用地内，战后因为学校建了起来，寺庙迁址后变成了现在这样的三层构造。

御岳是神灵降临的地方，同时又是黄泉的入口。换言之，在此参拜的人等于潜入了冥界越走越往下沉。虽说是因为迁址逼不得已变成现在这个样子的，但这不正好显示了它作为一个宗教信仰设施该有的样子吗？

就在这时，我感觉背后有什么东西在……从刚才开始就感觉有人一直监视着我。

心脏开始扑通扑通跳得飞快。

肯定没错。有人看着我。那时有时无的气息从洞穴的昏暗处逐渐飘散过来。

心跳得更快了。我恐惧地默默转过身。

就在那儿！一只黑猫在正后方的草丛阴影里盯着我看，目光如炬。它的目光里充满了敌意，而它背后倒立的猫毛，和咯吱作响的四肢肌肉正好证明了这一点。恐怕我这儿稍有些动静，它就打算猛扑过来吧。

可怕的是它的悚然立起的猫毛和魁梧的样貌。体长约合一只狗那么大，嘴巴大得直咧到耳根，龇着一排牙，尾巴从根部分成两股。

是猫妖！

瞬间我的腿开始不自觉地抖了起来，因为太过害怕我凝在当场根本动不了。与此同时，仿佛来自地狱深处般的声音在洞穴内震响开来。

“吾等正是熊野权现之化身。此刻吾将替天行道诛伐汝等大不敬之人。受刑吧！”

糟糕！全身的血液像是被抽干了一般苍白无力的我一阵猛跑冲上台阶——

上面这些都是我信口开河瞎诌的胡话，发现黑猫的事也是大胡话。可是，我感觉背后有视线这事是真的。

御岳的后方其实是泊高中的操场。常春藤缠绕着铁丝网覆盖在外面乍一眼虽看不清楚，但其实校舍就在操场的对面。即，泊高中和御岳正好相对而建。那么在御岳里感觉有人的气息也是正常的。

本来在冲绳，御岳和祭台这样的圣地里就常有野猫出没。这些个神明附身的圣地，平时很少有人进出，对野猫来说正是个好住处。因为地点关系，人类有所畏惧，因此多会善待它们。像久高岛这种从古至今被尊为神之岛的地方，全岛被人视为圣岛，同时也宛如野猫之岛一样。最近此岛的事传到了爱猫人士的耳朵里，有人专门登岛就为了来看看野猫。

以前，当我来到岛东侧的伊敷滨时有过不可思议的体验。穿过遮盖了海岸线的露兜树和蒲葵形成的昏暗树林，阳光拥抱着大海的风景美不胜收。然而，那会儿却有别样的风景映入了我的眼帘，让我不禁叫出了声。斜坡上，有起码二十几只野猫聚在一起——我正赶上了猫咪的集会。相间而坐的猫咪们齐刷刷地一同看向我，其中不乏一些嘶嘶叫着俨然已经进入威胁态势的猫咪。

虽然我想走到海滩边看看，可当时的气氛不允许我再往前半步了。我只能在猫咪们后方而坐，欣赏落日余晖下的天空。

过了一会儿，猫咪们似乎也解除了对我的警戒不再看着我，而是集体重新面朝大海坐了下来。它们并没有做什么特别的事情，甚至都没有叫过一声，只是一动不动地静静地看着黄昏下的大海。

在冲绳，自古以来人们相信东方大海的遥远彼岸有着一方彼界的理想乐土。那是神明降临的乐土，也是黄泉之国，而猫咪们看着的方向，毫无疑问正是东方的海面。

“都说猫咪是神明的使者。”岛上人的这句咕哝令我印象深刻。据那人所说，伊敷滨的猫咪们日日黄昏皆是如此。

猫咪们的姿态看起来确实像对着大海祈祷的样子。这番景象实在是太神秘了，让我久久不能忘怀。

在泊之夕凪御岳里“神之使者”未曾现身，但在牧志地区的御岳里就有它的踪影了。牧志北公园里，“牧志之岳”的御岳保护神，俗称猫神大人。

一般来说冲绳的公园里都会设有御岳。迟迟才开始开发的这座小岛，因其自古以来被视为圣地，所以无人敢随便动这里。哪怕御岳阻碍了道路开发，人们也就只是把御岳迁移到附近的公园里。

据说牧志之岳也是从国际大道的附近搬过来的，现在坐落在远离住宅密集区的公园角落。它的祠堂被称为“西之御岳”，左边供奉的是“土帝君”[1]。受当年牧志村的影响,御岳位于村子的西侧,故称作西之御岳。同样的，在村子东侧的单轨电车牧志站对面的牧志公园里有一个“东之御岳”。在当地这两个御岳被一并称为“牧志御愿”。

既然说到了，那就顺便向大家介绍一下土帝君吧。从字面就能联想到，土帝君是土地之神。此神是从中国传来的信仰，在冲绳被奉为保佑人民五谷丰登、渔业丰收、生意兴隆的神明。在那霸各个地方都能见到土帝君。现在牧志地区成了那霸首屈一指的闹市，但过去连砖瓦都被烧毁了的时候，据说曾经是瓦匠们供奉了西之御岳的土帝君。

说说御岳守护神的事。猫神大人是一只长相貌似威尔士猫的大型长毛黑猫，相貌堂堂。威尔士猫是产自北美的猫种。传说威尔士猫在跳上诺亚方舟的时候尾巴被门夹断了，所以威尔士猫的特征就是没有尾巴，有也只是很短的一条。不过猫神大人有一条长长的尾巴，估计是威尔士猫与野猫化的岛猫生的混血种吧。

这一带野猫和放养的猫咪很多。猫神大人时常单独行动，从不结党。不知是不是因为侍奉神明的关系，它喜好孤傲的生活方式。

说得头头是道，其实，我自己并没有见过猫神大人，就连我那个熟知这一带猫咪栖息地的爱猫的朋友也没有见过。只闻其事

[1] 土帝君：源自中国，即中国所称的土地公，土地神。其作为土地的象征，加护保佑地方平安。

不见其影，谁都没有见过猫神大人的本来面目，它的存在实属不可思议。也有传闻说猫神大人的事传得煞有其事似的，其实根本不存在。

但是！去年（二〇一二年），终于出现目击者了！是谁呢？正是担任本书摄影师的仲程长治先生。他用镜头清晰地记录下了猫神大人的样子。

那张震撼的照片就收录在第一百四十四页。和传闻一样，样貌十分独特俊俏。公园祠堂边上种植了一棵大榕树，从摄影角度来看，猫神大人正好在大榕树的正前方，眼神十分锐利，很有大将之风。

不过即便这样，我们也无法证明猫神大人的确存在。照片里的拍摄地确实是牧志北公园，无论谁看照片里拍的也的确是只黑猫。可在仲程先生拍下这张照片之后，我无数次地重返这里，却从未得以见到猫神大人的影子。我试过在不同的时间段过来寻找，可还是没有见到。有时我会拿出照片询问在公园里玩耍的小学生有没有见过照片里的猫咪，可他们也一味摇头。

之后，我无数次地驻足此地，但仍然一无所获直至今日。因为猫咪很少改变自己的领地，至今为止从未遇到过找不到踪迹的情况。

既然照片都拍下来了，没道理是仲程先生看错了。当然照片也不是合成出来的，确实是他目击到了。可是，除他之外谁都没有看到过本尊这也是个不争的事实。而且，自那之后，仲程先生也再没见过猫神大人。如果说猫神大人真的存在的话，那我只

猫咪大人是镇守『牧志之岳』的使者。
除了拍下此照的仲程长治先生之外，至今没有目击者。

能说——除了那次猫神大人从未现过身。自打那之前和那之后，谁都没有见过猫神大人。

会不会猫神大人根本就不存在呢？最近开始我只能这么认为了。

又或者，这么说有点奇怪，但会不会是土地神偶尔变幻成猫咪的样子出现在仲程先生的眼前了呢？……

这种不科学的说法虽然有些牵强附会，可如果不这么说，又怎么解释那只黑猫像烟雾一样彻头彻尾消失了的事呢？

本来，猫咪就是一种神秘的生物，因此，它们在古代埃及被封为神明崇拜。既然猫咪与我们人类如此熟悉，为什么它们没有被编进十二生肖里呢？恐怕那些理由更是牵强附会。其实真相是因为人们实在不了解它们的缘故，因为，猫咪的存在本身就是一个大谜团。

那就说得通了。我觉得在这个亘古不变的圣域，如果神明要幻化成什么生物现身的话，那一定就是猫咪了。从外貌来说黑猫也是猫咪中看起来最神秘的，总感觉它们与神明很接近。

请带着这个想法再看一次猫神大人的照片。照片背景里有一个没有座板的秋千，因为座板被绕在秋千架的上方，不知为何这个公园有秋千也不能荡。难道是因为在神明降临的地方设置的游艺玩具，让人类的屁股和脚底面向神明是大不敬之事，会遭到惩罚吗？究竟理由为何仍不得而知。

不管怎样，在这个大有来头的御岳，除了猫咪以外的动物，比如说斗牛犬、吉娃娃什么的在此放肆地摇着尾巴的话，这风景看起来也不会好看吧。果然只有沉默的猫咪一动不动的凝视姿态才能与此圣地相符。如果需要使者向人类传达其无礼行为的话，那更应该是猫咪了。

向田小姐也说：“在富士山，可能月见草更适合山峦一些，但在御岳，黑猫更合适呢。”读者朋友们觉得呢？

泊~安里~牧志后巷

对于猫咪来说，一岁到两岁之间是一个很大的转变期。用人类来比喻的话，就像是在十七岁到二十三岁之间，自我定位的青春期一样。季节转换，当灼热的令人窒息的太阳再次耀眼地高挂在高空时，向田小姐也终于成年了。

和一年前追着逗猫棒团团转时的样子相比，现在的她完全不同了。天真烂漫的无邪举动很少能见到了。白天大多数时间她都不动，一副昏昏欲睡的模样。这种时候不管你怎么叫她，她都只会意思意思地应一声，然后马上又闭上眼睛。

烈日当空的晌午，街上跟死城一样寂静。人们为了避开闷热酷暑都躲在家里静养。小动物也一样。天妇罗坡的猫咪们、绿丘公园里的茶茶丸也躲在阴凉处休息着，白天几乎看不到它们的身影。在这种就算一动不动也会消耗大量体力的酷暑时间，猫咪需要尽量不动，以免浪费多余的体力。这是它们为了生存下去而养成的智慧。

向田小姐虽是家猫，但毕竟流着猫科的血液，她同样袭得了这样的智慧。样貌也成熟了不少。曾经大耳朵的无邪童颜现在变得成熟了许多。眼线也绷紧了，鼻子也变长了，就连表情都变得端端正正，威风凛凛了。

体重大约三公斤左右，到我家之后体重增长了一倍，骨骼也都长开了。都说“猫咪恋家”，现在的她对于出门散步已经没什么高兴劲儿了，出门的次数也少了许多。可能在房间里她感觉更舒适一些吧，就算我拿背包在她眼前晃悠，她也是一副“我现在很困，你少烦我”的样子，完全没有兴趣，只是微微张开一下眼睛，马上又把脑袋枕回前肢准备睡午觉。那副样子看起来十分可怜又很自我。即便和人类生活在一起，她还是会看时机摆出她的谱，与人时近时远。随时保持恰当的距离是猫咪天性。

老实讲，这种任性的态度确实令人不快。但猫咪擅长把它们那小聪明劲儿和别扭的性格升华到一个更高的境界，转化为一种魅力，这点实在让人拿它们没辙。惹上这个能令人迷失得骨头都酥掉的“恶女”，我也就只能弃械投降了。

真的，猫咪就像是一种春药。当向田小姐开始展现她这一面的性格时，同时也意味着她确实成长成了一只像样的猫咪。

虽然她不理我令我有些失落，但这正是她离开我的庇护，开始自立的证据。与她相处在同一屋檐下的这一年，是我永远无法替代的最美好回忆。

向田小姐最喜欢的地方是我的书斋电脑显示器旁边的藤篮。

那一年春冬交季的时候，我着手开始写冲绳史，连续数日从深夜写到天亮。原本和式房间里的坐垫才是她的起居所，当我开始这项工作之后，不知为何向田小姐晚上开始在我的书斋里住宿。估计是因为她发现立式台灯下方的位置是所有地方之中最温暖的。不知何时起她坐睡活动都转移到桌子上了。我只好在上面放个铺了羊毛布的篮子给她。她似乎很中意那个篮子，我宅在屋子里没日没夜写书的那三个月，她夜夜彻夜陪伴在左右。说是说陪伴，她几乎都在睡觉。但不再黏着我独立成长起来的她深夜愿意陪在我旁边还是让我感到十分高兴。

篮子里还有她的小伙伴——犬次朗、熊五郎和小羊猿子，每一个都是朋友送给我的差不多手掌那么大的玩偶。没人会想到五十岁的男人还会有人送狗、熊、羊的布偶吧？或许对方觉得我的生活方式实在太过煞风景，才送的吧。不管怎样，既然收到东西了，我就为它们起了名摆在房间里。向田小姐偷偷地把它们通通叼到自己的篮子里。

我很惊讶她有这么个有趣的习惯。似乎这些小玩偶对她来说正好可以轻咬着玩玩，嘻嘻闹闹，踢来踢去。

这个习性在猫科动物中很常见。猫咪要移动还在吃奶的奶猫的时候，母猫会叼起孩子的脖子搬动它们。这时母猫为了不伤害到小猫只会咬住一点皮肤。有人说它们叼东西就是在做这个的练习，也有一种说法认为这是它们玩弄逮到的猎物的习惯。

总之，就是满足母性本能和狩猎本能的一种野生习惯的影响。家猫因为不明白如何照顾小猫和捕猎，所以就把布偶当做玩具来练习。这种行为常见于无法从父母身上学习到育儿和狩猎方法的流浪猫身上。

向田小姐也一定是为了这成长的一步才把玩偶拖到篮子里的。乍一看觉得她的举止行为十分可爱，可一想到她只不过是一只流浪猫时，我就觉得她很可怜。再想到她绝育已经超过一年多了，我就感觉十分自责。

然后，我会忍不住地想到典子是不是也经历了相同的过程。

不过，再怎样想一切都是徒然，现在不是想这些事情的时候。我现在能做的就是珍惜遇到这两只猫咪的这份幸福。时至今日我还在这样开导自己。

又过了半年，已经两岁了的向田小姐把这个习惯又运用到别的事情上了。她开始利用这些玩偶和我通信了。这事儿让我认识到猫咪这种生物有着人类料想不到的智慧。详情我会慢慢娓娓道来。

陪我彻夜工作的向田小姐在那之后也一直睡在篮子里，直到我把工作做完。和在团队里工作的人不同，写作除了自己没有外人的介入。不和任何人交流，只是一味重复地编织语言，哪怕故事写不下去了也无法假手于人。打比方来说的话，就像是独自登山的旅行者，或许是一项如果不讨厌人类的话就无法从事下去的工作。可是，这又是一个描述人类的工作，有时自己又会变得十分思念别人。

写文章的都是抱着这种矛盾心理的“人种”。一旦工作需要做到深夜的时候，孤独感就会压得胸口喘不过气来。作家多有心病恐怕就是出于这个原因。我自己抑郁症发作的原因之一恐怕也是因为这些自作自受的矛盾引发连锁反应造成的。

如果像在市政机关工作一样，早上八点半开始，傍晚五点半结束工作，如此循环往复的话，心情应该会不一样吧。我因为白天要磋商、取材，很难做到那样，结果总是太阳落山之后才能坐到桌前。于是，能睡下的时候多半已经是深夜了。这种不规律的生活就这样不断地重复着。

渐渐的，我的日常生活逐渐远离了外面的世界。好在向田小

我的工作室。篮子是向田小姐中意的地方，玩偶们也生活在一起。

“主人，再来一杯吗？”正在陪我晚上一起喝酒的向田小姐说。

姐迎合了我的作息时间，成了照亮我冷清的书斋一角的存在。

话说作家的书房和猫咪向来十分和谐。海明威、萨特、马克·吐温、谷崎润一郎、室生犀星、幸田文、池波正太郎、内田百闲、吉本隆明等，不问大海东西哪侧，都有许许多多宠爱猫咪的作家。

大佛次郎[1]曾说过猫咪是人类一生的伴侣，如果来世没有猫咪陪伴左右的话会很困扰。他照看过的猫咪数量不下五百只，能够想像他对猫咪的偏爱可不是一般人所能达到的境界。

猫咪蜷缩于在桌上写稿子的小说家旁边，光这副景象就足以像幅画了。换成眼镜猴、犰狳等其他小动物恐怕就无法集中精神工作了吧。不管是多爱妻子的人，如果工作的时候妻子一直端坐在桌旁的话恐怕更困扰吧。果然这种场景下只有猫咪才是最合适的，除了猫咪之外没有什么伴侣更适合作家这种职业了。

对于勉强跻身在这一行的我来说，能有猫咪陪在旁边是我一直以来默默憧憬着的事。而今不期而遇了。

向田小姐除了在篮子里睡觉之外，还会整理整理毛发，和手下的玩偶们嘻嘻闹闹，感觉似乎一等一的好呢。即便有时跑出去上厕所，之后她也会马上回到篮子里。

奇妙的是，她明白我何时做完工作。我刚关掉电脑的电源她就轻盈地跳下地板。“您请!”她就像是旅馆招待一样先我一步

---

[1] 大佛次郎：日本小说家，成名作有《鞍马天狗》

走在前面领我回和式房间。这时向田小姐的尾巴是向上竖直的，这表示她心情很好，愿意交流。

都这么晚了她究竟要和我说什么呢?

和式房间里被褥永远都是摊着的，被褥旁边就是向田小姐起居的坐垫。但她不会马上走到坐垫那儿，而是不慌不忙地跳到躺在被窝里的我的身上。

然后……从这儿开始她的行为实在是让我头疼。

首先她用自己的脑门一直蹭我的下巴，然后开始舔我放在胸口的手指，然后再次用脑门蹭完一通之后，开始像原地踏步一样不断重复地一上一下交替前肢。这时候她总是面无表情的，像是被什么东西附身了一样，嘴里还传来阵阵呼吸的热气。

向田小姐满足之后会略微张开爪子，像是要抓住我的胸脯一般上下摆动前爪。动作宛如关系密切的男女的爱抚，这时候我自己也不知道是怎么了，身体会从内部一下子热起来。

“呜、呜……”

我咬紧牙关，却还是发出了有失体统的声音。

“送、送到嘴边的还不吃，那是男人的耻辱。实、实在忍不住了……”

我情不自禁地想要紧紧拥抱向田小姐——

“我做的和你想的可不是一回事。”

到这种紧要关头，她总会抽离回现实，“喵——”地吱一声之后，躲过我的手跳到坐垫上。然后开始整理自己乱掉的毛发，最终沉沉地睡去。

像每天的功课一样，向田小姐每日重复的这个风骚的行为究竟含有什么意思呢？

根据一本详述猫咪习性的书所说，这习惯由来是小猫为了让母乳更顺畅地流出而揉搓母猫乳房的行为，常见于还没到断奶期就和母猫分开的小猫身上。如果是家猫的话，向人类撒娇的时候就会回想起小时候的情景做出这样的举动。其中有些家猫成年之后仍会继续。

那就是说，向田小姐是以一颗小猫仔的心情在向我撒娇。明明白天态度那么冷淡，到了晚上就一下缩短距离黏人黏得让人头疼，最后又干干脆脆地离开。猫咪可真是个小恶魔啊。

话说，此处我要突然转移话题了。在街巷里散步，最重要的是午餐。有人又要说“你光顾的店家又变多了吧”。其实正相反，一旦习惯在街巷散步后，我的朋友圈变小了，连常去的店也变少了。

在冲绳外出的话，先开车去海边然后去时尚的咖啡店享受午餐是万年不变的流程。没有人会邀请说：“今天天气不错，我们去有馊味的胡同走走吧，看看野猫，然后去偏僻的小店里喝杯茶如何？”要是有人满眼渴望地回应道：“哇！那太好了。一起去吧。”那那个人的人生一定存在什么大问题。

带着猫咪向田小姐散步本来就比较奇怪，带着她去饭馆吃饭的话更是连门都进不去。因此，愿意和我约会，愿意让我们进去的商店急剧减少，一个人吃饭的时间倒是多了很多。

不过，这对野猫观测者来说倒是个好机会。我们可以不用顾忌别人安安心心享受胡同里的时光。

话至此，那就给大家介绍一下胡同里的名店的位置吧。

在附近黄金道一带首屈一指的是一家名叫“甘蓝食堂”的店。店附近一带都是住宅区，所以可以吃饭的地方很少。因此，食堂的存在变得尤为重要。其实刚搬来那霸那会儿的工作室就在这附近，所以那时我几乎每天都路过。店里有名的冲绳荞麦面是一种在那霸很少见的硬面，光这个面就没法在其他家吃到。另外，店里还有芥菜套餐、酱肝套餐等一般食堂里没有的冲绳家常菜，我很喜欢。不是很饿的时候，女孩子可以点小份的荞麦面。大家一定会很喜爱这家店的。

虽然食堂很小，进十个人就会觉得店里很挤。但这样更有吃大锅饭的感觉，最适合只身去吃饭的人了。可惜如今在那霸这样的食堂越来越少，恐怕几年以后就会彻底消失吧。

这一带的崇元寺石门遗迹和黄金道后巷里的泊散步道是野猫聚集的场所。如果还有时间的话，吃饱喝足之后请一定顺便去“金满宫”拜拜。从“甘蓝食堂”走到崇元寺街，然后朝着首里方向前进。在第二个红绿灯的地方往左转，就会看到坡道中央有一块写着“金满宫”的石碑。

从神社的名字来看，有很多人误以为这是一个保佑财运的能量点。实际上也确实有许多人前来求财。

这家神社是我带向田小姐出来散步时无意中发现的。实话说了吧，我当时也以为这是一家能保佑我成为富豪的神社就匆忙地走了进去。前殿台阶处立了一块和门口一样的石碑，写着“金满宫”三个字。但是这块石碑左侧裂开了很大一道缝，最关键的那个“金”字也稍稍缺失了一小块。怎么看都没什么神明福利，还透着一股不太吉祥的感觉。

——难道，是阻止金钱利益冲突的意思吗？

当时我也这么推测过，并回想起以前拜访过的东京两国地区的回向院。回向院里有鼠小僧次郎吉[1]的墓。不知何时起人们纷纷开始收集墓石碎片。此地还因此出了名。

根据传说鼠小僧次郎吉曾潜入一百多家大名府邸。因此，人们开始相信只要收集他的墓石，那就可以假借鼠小僧兴旺的财运，赌场得意，好运连连。

现在信仰他的人越来越多，神社甚至开始放置墓石专门给信徒收集。难道金满宫缺少的石头也是出于同样的理由，是人们为了祈求财运把石头碎片带走了吗？

我也曾这么推测过。等回到家一调查才发现，其实“金满”念作“KANIMAN”，与金钱无关，而是冶炼工人的意思。古代冲绳人把制造铁制农田道具的锻造厂视为神圣的场所。在八重山列岛有许多御岳专门祭祀它们。

不管是不是这个由来，金满宫建设当初是为了祭拜保佑农业丰登、繁荣丰收的神明。因此，虽然不是保佑财运的能量点，但一样有保佑生意兴隆的神明，也不是完全没有关系。

话说这里有一只叫作成金太郎[2]的野猫。其实这家神社战后建在高岗山崖之上，正殿下面就是居民小屋的屋檐，结构十分奇特。白毛茶斑的成金太郎常常在屋檐上贪睡懒觉。那肥硕的样貌

---

[1] 鼠小僧生活于 1797 年到 1832 年之间。原名次郎吉，是江户时代后期专偷大名府邸的盗窃犯，因此得名鼠小僧次郎吉。

[2] 成金：日文暴发户的意思。

怎么看都是一副暴发户的嘴脸，下巴上全是肉，眼睛很小脸却大得跟脸盆似的。真是一个长相不咋地的丑男啊。这里最好偷取供品了，附近又是住宅区，有垃圾吃。怕是这不愁吃的环境造就了它这样的体型吧。

向田小姐似乎很不喜欢成金太郎。“死都不要变成那副低贱的嘴脸，一看就感觉不是什么好兆头。”她对它见而生厌的态度十分露骨，对方也确实不是什么风雅模样。一般善于处世的家伙样貌就是会好一些。

泊地区还有一个食堂值得特别介绍一下。那就是位于国道五十八号线上，朝北岸方向的泊十字路口附近的“泊罗基诺食堂”。就在外国人墓地的前方，很容易找到。

在此我要力劝各位读者，到这里一定要毫不犹豫地点咖喱饭。另外，请再加一百二十日元左右，点一份咖喱午市套餐。这么点的话，就能享受到咖喱、大东寿司（两个）[1]和一碗味噌汤。不管上哪儿都找不到将寿司和咖喱结合在一起的午市套餐，只有这里有。还不止这些。任谁看见了端上桌的菜肴都会瞠目结舌的。是的，现如今快变成历史遗物的黄咖喱是这里有名的料理。

在冲绳，这种怀旧的昭和咖喱正悄悄地掀起一股风潮。卖这种咖喱的食堂一旦被发现会迅速在网上传开，甚至会出现“黄咖

---

[1] 大东寿司：是一种取材于冲绳大东列岛周边的蓝色马鲛鱼的寿司。将蓝色马鲛鱼切片腌在特制酱料里，味鲜肥美。

喱猎人”这样的爱好者。其中，被誉为“黄咖喱殿堂”的正是这家“泊罗基诺食堂”。

咖喱用小麦粉、咖喱粉、黄油煸炒，再用汤汁搅拌，食材有日本冲绳特有的SPAM罐肉、五花肉和辣椒。据万事通说，冲绳的黄咖喱里必放的是青椒。辣度选择中辣，符合昭和的口味。再淋上辣椒酱味道更是极品。

店名“泊罗基诺”的由来源于一八二〇年在大东列岛上发现的俄罗斯舰船“泊罗基诺号”。这家店的店主是大东岛出身的。大东寿司味道传承了流传于八丈岛的酱料的口味（在甜料酒加酱油的酱汁里腌上蓝色马鲛鱼、旗鱼和金枪鱼）。这下大家明白我为什么推荐大家点这个午市套餐了吧。

食堂对面的泊港有船去离岛。吃完饭去码头散散步找找野猫也是个不错的选择。这里同时也是天久·泊地区散步的起点，请务必光临看看。

带向田小姐出门时，如果目的地的小路附近没有像样的吃饭的地方，那可以打包外带的店就变得相当重要。

在堪称胡同圣地的壶屋·牧志地区，不管旁人怎么说我，我都会直接朝着新天地市场大街的“商六”前进。

这是一家位于第一牧志公社市场里边的拱廊商店街。去店里的沿路上有卖生鲜时蔬的、有卖家常菜的，还有卖衣料和杂货的，各种商店杂乱地挤在一起。平民的生活样貌在此处体现得淋漓尽致。

“商六”是一家可以吃吃喝喝的饮茶室形式的食堂，面临喧闹市街。这里我推荐的是县内第一好评的手工制作的花生豆腐和闻名冲绳的只有这家店才有的包了岛菜的饭团。

可以在屋檐下慢慢吃，也可以打包回家。而我习惯点了东西到离这儿很近的希望之丘公园野餐，因为这个公园正是那霸具有代表性的野猫们的居所。

我刚开吃饭团，棕色虎皮猫、黑白猫、海外品种的长毛猫等，各种不同毛种的猫咪就会聚集过来。不愧是野猫们的圣地。公园里常有和我一样的野猫观测者、野猫摄影师驻足。前天也是，我正一边吃着炸鸡一边观察咖啡色虎皮猫，不知从哪里冒出一个大叔走了过来。

“这猫是我的女朋友。”他温柔地说道。

希望之丘公园和和平商店街等多个道路相连，这就令它起到了“动物通道”的作用。公园的野猫们通过这条路来往于公园和商店街之间，有些甚至寄居在商店里变成了家猫。

同样的还有嘉数商会毛巾店的招牌猫“小咪”。它一样是一只很出名的咖啡色虎皮猫，很多媒体都报道过。它是一只非常懂礼貌的猫咪，叫名字它就会从店里出来，也愿意给店里以外的人抚摸。它还帮忙看店，现在甚至都会拿条形码牌了。

许多人觉得野猫会给人带来麻烦，但这附近的人对这些猫咪都很温柔。看中这点进而专程把猫咪丢在公园里的人络绎不绝。但我们不能这样丢弃小猫。

虽然地区的负担不断地加重，和平商店街的人们仍坚持邻居间互相照看猫咪，积极举办活动帮忙寻找收养的人，以减少因野

在面朝泊港的泊罗基诺食堂里可以品尝到码头食堂的口味。
怀旧的黄咖喱是这里的人气美食。

散步时常逛的“泊 IYUMACHI”。那天鱼市里刚卸货的新鲜鱼、贝类卖得很便宜。

牧志公设市场前的酒家店长猫威兹。
它的手比狗还灵活，是一只远近驰名的招牌猫。

在回窝中途路过久茂地川小桥的池间敦。
后方就是有着幽灵传说的七之墓。

猫增加而引起的地方烦恼。

有的慈善家实在看不过去了帮忙出钱给猫咪们避孕结扎。但在那霸等城市地区依靠民间志愿者苦撑到现在已经接近极限了，行政一体化的动物保护环境整治成了燃眉之急的课题。碰巧此时世间刮起了一股猫咪风潮，只要能建立一个能和岛猫一起散散步，善待动物的城镇，观光业就可以进一步扩大。不管怎样，我觉得现如今那霸已经到了这个地步，不好好考虑今后怎样跟动物们共同生存下去是勾画不出任何未来的城市构想的。

回归正题。

从希望之丘公园穿过和平商店街走到北侧就到国际大道了，再往北一条路就是前文提到过的新天堂街了。沿路是茶茶丸它们的领地——绿丘公园。

到了这儿，按江湖规矩要先和它们打个照面。在广阔的公园里到处走，和那么多只猫咪寒暄过后会稍显疲累。

偷偷走进公园入口正对面的小巷。沿路没有目标商店的指向标志，第一次来这里的人可能会径直走过，就这么给错过了。小店就在沿路铺设的板壁深处，地方很难找，店门开着就表示在营业，关了则表示休息中。里边看起来就像是普通民居的庭院一样，墙壁边上放有亭子风格的长凳。最里边放了辆两轮拖车。这儿就是个货摊，露天咖啡嘛。

货摊的名字叫作“云雀咖啡屋”。店主小萨说她想开一家不像咖啡屋的咖啡屋，结果就出现这样一家店了。对在胡同里溜达的人来说，无不感叹她竟能把店开在一个这么隐蔽的地方。

虽说是个小摊，但味道很正宗。拥有“特调茶饮咖啡协会认证·咖啡达人”头衔的她煮的咖啡远近驰名，好评如潮。附近的公司和工作室都会点她的咖啡外送。

咖啡单也很丰富。有“手冲式咖啡”、慢慢冲调放置一整晚的“深煎冰咖啡”、风味浓厚的胡同人气咖啡“甘苦咖啡”和她自创的风味咖啡。

本想说其中有点酸有点甜又带些许苦味的“初恋奶咖”是我的最爱，可点这个咖啡实在是有点害羞，所以我一直没有尝过。

这里多数的客人都是听说口碑不错来光顾的，几乎来过的客人都会变成这里的常客。说来这也正常，要不是对自己的手艺有十足的信心，又有谁会把店开在这么一个人迹罕至的地方呢？所以说：“要找名店就要去小巷找！”

令人高兴的是，小萨也是个有名的野猫观测者。要想知道绿丘公园的野猫的最新动态去问小萨就行了，这是大家公认的定论。

在秘密花园里，一边喝着咖啡一边谈论野猫经，旁边鲜花盛开，这份幸福感我又该向谁表达呢？总而言之，名店里的每一样东西都是“精华”。

刚才急匆匆地介绍了一番胡同里的名小店，现在来说说向田小姐也可以进的小店。虽然不多，但是晚上的话，还是有几家可以进的。

当然，平时店里也是不允许宠物进店的，但小店给向田

希望之丘公园的佐罗。
草丛对它们来说是贵重的天然床铺。

「哦，先生是您啊。」向我打招呼的是绿丘公园的茶茶丸。
迎接的架势风姿飒爽。

小姐开了特殊许可。我整日几乎都在房间里工作，所以出门吃东西是我重要的散心时间，更何况晚饭时间有美丽的向田小姐陪伴。

给我们开特例的小店正是我和向田小姐结缘的荣町市场的“老爹居酒屋”。虽说是这里的常客，向田小姐在此出没也不奇怪，但不管怎么说这都是家饮食店，在店里她识不识礼数成了一个问题。诸如爬上柜台、桌子，偷吃客人的食物等行为当然是一律禁止的。

在家的时候，向田小姐从来不把爪子放到桌上或跳到桌上，但不知道她到店里会变得怎样，因为在店里，前前后后左左右右都是吃的。所以当初我很犹豫要不要带她去。

事实证明，这些担心都是我的杞人忧天。我从没严格地训练过她，可我一打开背包拉链，她就自动跳到我旁边的柜台座椅上。之后就一直坐在那里看着那些醉客，听他们说话。

她真是一只有教养的猫咪，在家养成的习惯在外面同样也能保持。

当然，她看到喜爱的鱼肉时会忍不住兴奋，池田店主做菜的时候她也会目不转睛地一直盯着，但她不会因此就喵喵叫嚷着要吃，也不会伸手去拿，只是舒服地端坐在位子上。估计她是爱上了酒家的氛围。

其实她并不会喝酒。不像天下第一爱猫人池波正太郎先生[1]

[1] 池波正太郎：1923—1990年，是二战后日本具有代表性的时代小说家、历史小说家。

的爱猫暹罗猫萨姆，可以就着小碗闷声喝掺水的威士忌，向田小姐只要闻到酒精的味道就会皱眉头。可即便如此她还是很喜欢酒家的原因究竟是为何呢?

我尝试问过她，可她只冷冰冰地扔下一句:“我不会给任何人添麻烦的。你就别管我了。”

向田小姐的行为举止真的非常有教养。池田君也忍不住佩服她“真的很乖巧呢，人类应该好好跟你学习学习”，就连向来喜欢狗狗的他都特别偏爱向田小姐。

另一家能进的店是新天堂街有名的酒吧“土 BAR”。酒吧地处交错的小巷深处一角，简直就是小巷的范本，十分难找。我只能告诉你“店在新天堂街分岔出来的小巷里头”。

从地图上看，它在国际大道的“那霸日航城市酒店”的后面，从酒店后门走的话，十五秒之内应该能到。但很多宾馆的客人都说他们一路上迷着路好不容易才找过来的。

由此可见，这是一家名副其实的隐蔽酒家。有很多媒体人和音乐家常来光顾，都是些为人熟悉的知名人士，像这种最偏僻处的小店正适合他们。

店主兼酒保的豪先生是一个多才多艺的人。陶艺、书法、戏剧、文学、气功，甚至还帮人解决恋爱烦恼、组织相亲讲座等，实力连行家都自叹不如。这恍如洞窟一般只运用灰泥和木材建造的店内装潢也是他自己一手搞定的。二楼有个展览室，可以举行小型音乐会和电影发布会。

豪先生还懂得动物的语言。据他自己说，他走在路上的时候猫猫狗狗会主动靠近他。他是一个很健谈的人，所以听他这么说

在招牌底下睡觉的阿常。

它是茶茶丸的情妇，根据地是绿丘公园后方的地盘。

『老爹居酒屋』的店长池田君。是我和向田小姐的恋爱丘比特，大恩人。

我还以为他在吹牛呢，但似乎事情并不假。我第一次带向田小姐去他店里的时候，他俩似乎能互相理解似的，向田小姐的视线一直追随着他。

作为老公的我可不能平静地看淡这事。在路经绿丘公园回家的时候，我问她了。

“究竟是怎么一回事呀？”

“不好意思。这事儿真不能跟你说。”向田小姐不加修饰地反抗道。

“到底怎么回事？你再嘴硬下次就不带你去了。”

“你是在吃醋吗？”

“夫妇之间不应该有秘密。”

“正因为是夫妻，有些话才不能说。你别再逼我了。”

说完这话她就沉默了。她不喜欢不识趣的人，所以我也就不再追问了。打那之后，每次去这家店向田小姐都很兴奋。

就这样向田小姐的出门时间从白天渐渐转换到晚上的时间段。渐渐地，土 BAR 成了她常光顾的店家。她和店里的熟客也打成了一片。现在我再去店里，客人们都直接无视我的存在，直接问向田小姐有没有来。看来大家都十分喜爱她。

向田小姐喜欢吧台的座位。她喜欢听碰杯的声音、客人的对话，很有兴趣地观察豪先生调制鸡尾酒。当有新客人光临坐到里边的餐桌席时，她会特意走过去“喵——”地打一声招呼。

不知她是不是在接待客人，但看起来就像是在对客人说“欢迎光临”一样。几次三番下来，大家就开始传“那家店里有只特

我和向田小姐经常光顾的小店『土BAR』。
位于道路最深处，是我连番转战喝酒的最终目的地。

别的猫咪”。这事儿自然是好评如潮。到后来陆陆续续多了些新客人就是为了特意来看向田小姐的。

从以前开始我就觉得对向田小姐来说人类比猫咪还容易相处。猫咪本身是一种警戒心很强的动物，有陌生人到家里来就会躲起来。但她完全不会那样，反而有客人来了还会去玄关迎接。在客厅里也是，哪怕是第一次见到的客人她都会陪在旁边。反倒是遇见猫咪的时候经常“嘶——嘶——”吼叫威吓对方，并且这种迹象越来越明显了。

收留养育本是流浪猫的向田小姐和典子的是壶屋花园屋的主人直子小姐，想来是她舍己为人的关爱之心决定了向田小姐对人类的看法。

有人形容不惧人类、与人亲近的猫咪是把自己当作人类，而不是当作猫咪。我不打算把话说那么大，但向田小姐虽保有猫咪这种动物的孤傲，却对人类十分信赖。要不是这样，她又怎么会对人类如此没有戒备之心，对人类那么好奇呢？

不管怎样，在酒吧里的她特别的漂亮，仿佛像是漂亮的成熟女人独自倾杯啜饮一般的有魅力。黑色的被毛在店内昏暗的灯光下，显得格外魅惑。

很快，这个伫立在吧台边的小猫的奇妙事迹就在世间传了开来。

荣町市场附近

那一年（二〇一一年）夏，有件意想不到的事情找上了向田小姐。—— 她登上了日本航空的航空杂志《SKYWARD》八月刊的冲绳特辑。

对航空公司来说，八月是最忙的季节。这个时期的特辑绝大多数都是与别墅相关的报道和照片，冲绳的话，报道对象自然是海滨别墅了。

但是，那一期的八月刊企划没有采用往年的碧海蓝天做主题，而是运用游记和照片来介绍那霸的街头巷尾。我负责写游记，内容是通过走街串巷，介绍那霸街头复古的食堂和酒吧等，进而发现一种别样的怀旧感与新鲜感交织的旅游享受。对我来说这个企划只需要平实地报道自己平日所做的事情就行了，可对旅客和冲绳发烧友来说，这可是一个崭新的想法呢。

不过，归根结底还是我个人逛街散步的游记，并没有家猫向田小姐登场的机会。又不是宠物杂志，所以也没有必要一边带着猫咪散步一边介绍地方特色。而且她身为冲绳岛猫却说着一口京都话，说话还是那种腔调，我有时也会责问她，而她总是莫名其妙地回答说："你居然还听不懂？问问自己的内心吧。"

可能就因为向田小姐的这种风格，使她成了那霸特辑内页的模特。事情发生在外景兼采访开始的前几天。那天我正和女编辑商量各种细节，刚讲完电话，向田小姐就从桌上的篮子里探出脸来喵喵叫着。

“主人，我有事相求。”

“我现在分不开身。等下听你说……”我打发道。

谁知她一听叫得更响了。

“主人，你听我说嘛。”

“你看不出来我很忙吗？到底什么事情呀，非要现在说……”我发牢骚道。

而她则表情神秘地跟我说：“关于主人这次的工作，也让我上那本杂志吧。”

“哈？”

“我说我想登上杂志。”

“什么？”我声音都变掉了，“你搞清楚哦。这次的工作不是写猫，而是介绍那霸的文章。”

“这个不用你说我也很清楚啦，所以我才求你帮忙嘛。”向田小姐毅然决然地看着我清楚地说道。

“别说傻话了。那霸特辑和你有什么关系啊？”

“说什么呢，怎么没有关系了？把平时做的事表达出来不就行了吗？”

向田小姐指的是前面介绍过的“土 BAR”的事情。她是要我把她在店里惬意地休息的样子拍下来。那个特辑里要介绍几家小店，“老爹居酒屋”“土 BAR”都在其列。

确实我常带向田小姐去我熟悉的小店。原来如此！看来不用特意修饰文章了，倚立在吧台旁的岛猫画面也是一种美，介绍出来正好可以让大家知道这世上还有这样的猫咪。

“知道了，我和责任编辑商量看看。但这不是猫咪杂志，会不会登出来我可不能保证。”

“没关系。之后的事你就放心交给我吧。”

向田小姐满心欢喜，在篮子里打了个大大的哈欠。

“真亏你能想到这个主意呢。”

“不是有只叫作小哈的明星猫吗？一样都是猫咪，我也想变成那样。虽然这话不该自己说，可论外貌的美丽可爱，我可不输他。”

“原来如此，是这么回事啊。”

“女人就是这样的。”

至于猫咪是不是也会争女人这口气先另当别论，总之事情经过就是这样。我委婉地跟女编辑提起这事儿，没想到对方是个猫咪死忠。

事情很顺利地谈了下来，最后决定在我家进行采访。双方一见面，编辑就立刻迷上了向田小姐。

最终对上杂志起到关键性作用的是“滚猫猫”。像转门把手那样，我手腕向右一转，向田小姐就连头带着身体咕噜噜转了半圈。完了还像是要确认自己表演得好不好似的，仰着肚皮看着我。这是她从小的得意技，现在更是练得炉火纯青。滚完第一圈之后，如果我把手腕再向左一转的话，她还会跟着向左再转一遍。

这还不止。在她滚猫猫的时候，我一下“SCRAP!”的口令，她就会仰躺露出肚子，单手弯曲从头向下蹭脸，就是人们说的“猫咪洗脸就会下雨”的姿势。

猫咪天生性情不定，有时候叫它们，它们会端着架子不理人；有时候都没叫唤它们反而自己黏了上来，怎么看都像是在撒娇。这种傲娇的态度是猫咪最大的魅力点。对猫咪来说，它们的这种性格有利于它们支配人类。

那天，向田小姐为了虏获编辑的心做了好几次滚猫猫。再怎么喜欢猫咪的人，要是猫咪一直对她不理不睬的，那人也不会喜欢上那只猫的。所以那天她使出浑身解数努力撒娇。正确来说，何止撒娇，转过来露出肚子的时候，她还用视线询问编辑："表演得怎么样呀？"

简直演过头了。可谁又能抵挡她这样的诱惑呢？后来，那编辑眼睛都变成心形的了，好一会儿都没回过神来。

"一、一定请让向田小姐上杂志！"被完完全全逗乐了的编辑抱起她说道。平时明明都不让人抱的，她这肚子朝上任人抱的行为恐怕也是出于一种战略。总之她出人意料地轻松笼络了采访人员。

那天晚上，在"土 BAR"她成了出色的大明星。第一百八十二页照片就是当时的情景。如照片上的那样，她那一本正经的表情，逗得猫咪爱好者们各种心痒难耐。照片的反响比预料的还要好。

有许多客人表示，是读了《SKYWARD》之后慕名而来的。有的问："今晚向田小姐在吗？"有误会了的还会问："这里是不是那家有猫咪在吧台喝酒的酒吧？"

冲着她来的客人日渐增多。其中，甚至有人把有向田小姐的那页剪下来装进相框里。对酒吧来说这成了甜蜜的烦恼。

就这样一传十、十传百，她在网络上一夜成名。在全国范围内多出了许多粉丝。

然而，不管哪个时代，人气和嫉妒总是形影不离。而这次闹别扭不开心的正是爱唠叨的池田君。作为胡同里有名的酒家“老爹居酒屋”也被刊载在内，可刊登出来的照片和向田小姐的照片比起来只有豆腐干大小。

“我的脸只有四毫米大小……”池田君又多了个段子能发牢骚了。

来说说“老爹居酒屋”所在的荣町市场。

以前那霸有很多个市场，而留到现在的仅有第一牧志公设市场和荣町市场了。

说起国际大道的第一牧志公设市场，那可是那霸鼎鼎大名的代表性观光地。荣町市场的客人则几乎都是当地人。因为荣町市场还未商业化，随处可见商贩坐在地上卖采摘来的新鲜蔬菜。

其实这个市场在全国范围内也很少见，因为它拥有白天和黑夜两种面容。在开始详述之前，先向大家介绍一下荣町名称的由来。

所谓荣町其实是一个俗称，实际上并没有这个名字的城镇。在土地编制上这里属于“那霸市安里”，这个区正面最近的电车站就叫作安里站。

但那霸市民们坚持认为车站东侧一带的商店街叫作“荣町”，没人称它为安里。车站前的超市也叫作“荣町琉贸”。

有段时间我很热衷于来这个地段花钱消遣，所以在好几本书里都有提及过。比如在《续・冲绳老奶奶烈传阿妈的呵斥》（双叶文库出版社）中，我这样记录道：

> 这一带附近的小吃街上，成排的都是酒吧、俱乐部、居酒屋。每家的妈妈桑、女招待都是年满花甲的超熟女级别。这里是那霸屈指可数的阿妈酒馆一条街，笑称在这里随便扔块石头就能砸中一个老太太。

距此文记录已过了十多年，但这一带的风景仍一如往昔。炫目的招聘启事仍然大喇喇地贴在门上，“招聘女招待，年龄六十岁以下可”。

在阿妈王国的冲绳，有句俗语叫做“女子七十一枝花”。其实是这些年过花甲的“夜蝶”们在簇拥起舞。从刚才提及的那本书里写道的女招待的事迹就可见一斑，书里的女招待从那时起就一直自称自己七十六岁。事实上在这里工作的女招待，已近古稀之年，甚至喜寿之年[1]的年龄欺诈犯也不在少数。

荣町的酒馆照片也是一大亮点。从“岛育”“岛娘”到“来来”“笑嘻嘻”,还有“万年小年轻”“穴婆酒馆”[2]等招牌，要不是人生经历过各式各样变化无常的人是起不了这样的名字的。

换言之，这个地区很了不起地有效促进了银发一族的再就

[1] 喜寿之年指 77 岁。
[2] 此处起名一语双关地利用了谐音。“穴婆”的日文发音同“穴场”，“穴场”在日文中意为一般人不知道的好地方。

日本航空的航空杂志《SKYWARD》（二〇一一年八月刊）向田小姐成了那霸特辑的内页模特。

业。曾经的荣町市场经历过沧桑之后，又得以在此灰灰生辉。

说起它的变迁史，其实是这样的——

这一带地处首里城的正东面，曾经叫作真和志町间切安里村。二战前轻便铁路（冲绳县县营铁路的俗称）嘉手纳线就路经这里。当时最近的车站是安里站，很巧的和现在的单轨电车安里站位置极其接近。当时的安里站前的道路现在叫作“山丹街”，市场附近还有座桥叫作“山丹桥”。

说起山丹许多人会联想到冲绳本岛南部丝满市的“山丹塔”，因此，许多人都误以为纪念碑就在山丹学徒队[1]的母校内。其实，并不是这样。学徒队编成队员所属的冲绳县立第一高等女子学校和冲绳师范学校女子部就在安里站的旁边。山丹街和山丹桥也是因此得名的。是的，她们曾在安里站乘坐轻便铁路电车上下学。

荣町市场商店街的官方主页记录了当时的景观。根据上面的记载，附近有一条安里川，女子学校对面的街道上仅有一家文具店、一家食堂、一个理发店和几家民宅而已。街道南侧是一片玉米田。

另外，《那霸的今昔》（冲绳图书教材）也有记载。“当时的安里川很清澈，放学时分可以看见女学生在河里洗脚。冲绳县立第一高等女子学校的东侧是一片墓地，被铁树和松林覆盖着。”

---

[1] 山丹学徒队：1944 年 12 月冲绳县日本军集中展开护理培训。其中冲绳县立第一高等女子学校和冲绳师范学校女子部的教师和学生构成的队伍被称为“山丹学徒队”。

在荣町的小广场上休息的我。这是迷宫小路中的绿洲，岛猫们也时常造访的地方。

现如今无法想像这片土地当时是如何一番闲静的景象。

冲绳战那会儿整个小镇都遭到了破坏，学校也被烧成了一片废墟。战败后美军把这里当作了垃圾场。之后，从各地搬来的居民和村民重建整修了城镇，市场、商店街、小吃街等陆陆续续建了起来。

以战败为分水岭，小镇转型成了商业区，而荣町市场就建在当时的女子学校遗址上。

在冲绳长大的人中似乎也鲜少有人知道此事。此地如今的闹市形象太过强烈，很难想像它当时作为文化教育地区时的样子。

我母亲的母校也是冲绳县立第一高等女子学校。她于昭和二十年（一九四五年）入学，当时美军开始登陆庆良间列岛。同年三月二十三日女学生们被动员到南风原陆军医院。也就是说，母亲刚入学冲绳战争就开始了。虽未被分配到学徒队里，但她一直与学徒队的女生们一起避难，漂泊在枪林弹雨之中。

如若那会儿是太平盛世，想必母亲的人生定会与现在截然不同吧。她一路经历凄惨，凄惨到忌讳说起这些。或许也是因为这个原因，她从来不对我这个儿子提起战争的话题。

现在，市场街道的一角有一家“山丹同学会馆”。那里挂着块板，写着“财团法人冲绳县女师一高女同学会”。招牌很不起眼，经过市场的时候很容易看漏，但同学会馆证明了“山丹”们的学校遗址就在此地，它的存在可谓是一个重要的“战争遗迹”。

另外，“荣町”这个名字是昭和三十年（一九五五年），由新旧居民投票选出的。名字里饱含了人们期望小镇街道人丁兴旺、繁荣昌盛的期待。

半个世纪过去了，我第一次走进这个市场。那时距搬到那霸已经过了三四年了吧。四千坪[1]的用地上有一百二十家商铺。密集聚拢的商铺让市场变得像迷宫一样，东南西北到处是进出口。每一条道路都像网眼一般连接着一条条不规则形状的小路。

那风景现在仍未改变，愿意走丢的不妨来这里散散步。要想弄清楚道路全貌估计得花个半年时光。

这样复杂奇怪的市场同时也可谓是一家昭和博物馆。在商店街的网页上有这么一段话：

> 它诞生于战后复兴时期，现在仍保留了当时的风貌，可以说是日本唯一留存下来的见证了历史演变的市场。

是的，集市的拱廊现在还是用布遮着的，而且遮布到处是破洞。台风一来破口绽线被扯得更大，所以即便有拱廊，下雨天市场里仍需要打伞。

拱廊底下有卖肉、鱼、生鲜食品、蔬菜、副食品、衣物、干货、药品、鲜花等各种生活物资。商铺鳞次栉比，拥挤得令人窒息，简直堪比战后黑市的景象。

---

[1] 坪，日本的面积单位，主要用于计算房屋、建筑用地的面积。1 坪 ≈ 3.3 平方米。

但是，当初我第一次走访市场的时候，它并没有这般热闹。曾经作为那霸市中心街道的闹市荣町市场在那个时候萧条得几近要倒闭，自然我也就不再去那里了。几年之后，有酒友告诉我市场里有一家很不错的店，邀请我晚上去荣町市场。那家店叫作“荣町狭口”，装潢是旧店铺改建的。这家居酒屋里摆放着漂亮的吧台和桌椅，氛围有些像布鲁斯酒吧的感觉。

事后我才知道店主是在这一方面很活跃的现役音乐家。

——原来如此，怪不得本人如此有品味。

碰巧就在那时一阵疾风骤雨，激烈地拍打在铁皮屋顶上，雨声响彻整个店内，感觉像是在路边摊上喝酒一般舒畅。数日之后我就成了“荣町狭口”的常客。

市场里为什么会有这样一家店？那段时间，大型超市陆陆续续进驻荣町市场一带，无人光顾的荣町市场内空店铺多了起来。因为房屋陈旧所以租金很便宜，看中这一点的人们纷纷开起了夜店。

酒吧式餐馆兼音乐酒吧的“生活质馆”也是其中一家。这家的地址位置也很隐蔽，地处小路小道密集交错的场所。我再怎么仔细说明，也很难一次就找到这家店。

不久，这些隐蔽在市场里的店家成了热门话题。二〇〇〇年以后，爵士酒吧、音乐咖啡店、路边摊风格的居酒屋等，如雨后春笋般开了起来。荣町市场摇身一变成了午夜酒场。“老爹居酒屋”也是这样顺势开起来的。

就这样，在短短不到十年的时间内，荣町市场又重新繁荣了起来。如今的荣町市场因纪实节目受到全国媒体的瞩目，商店街堪称城镇复兴的蓝本。前文里我就提过，有段时间我也是百感交集地常来往荣町。

可以品味到陈年旧房和新建商铺形成的外观落差是这里最吸引我的地方。几家店连着喝的喝法变相成全了我逛店的需求，那时的我一步都离不开这个“午夜迷宫”。

荣町市场曾经让我如此沉溺其中，而现在的荣町市场因为一家正宗饺子店“便利屋”的成功，变得更加热闹了。

“便利屋”是一家在市场窄道里的饺子店，店内只有折叠式的桌子和椅子。令人意外的是，这种路边摊风格的饮食大受欢迎。之后这种样式的店越来越多，以致现在太阳下山后，荣町市场就呈现出一派北京胡同式的盛况。

不定期举办演唱会或者庙会时，观光客更是络绎不绝。整个市场不仅重生了，而且发展成了新的文化发祥地，变得越来越好。不知是谁说的，“荣町的混沌”造就了它越来越有深度的进化和演变。

就在这样的环境下，我带着别的目的开始来这附近闲逛。不用说大家也猜出来了——说起市场就想起猫，说到猫就想起市场。

荣町市场里的野猫栖息地大致可分为三块，分别是南门附近、市场中央地区的杂货店和精肉店所在的小道，以及东门和西门相连的道路。

与在拱廊街上大摇大摆地走着的和平街的猫咪相比，荣町的野猫们警惕心高一些，它们大多不让人随便抚摸。

荣町市场南门前。
它们就这么大喇喇地悠闲地伫在路上。

晌午过后的荣町市场，可以看到坐着摆地摊的人。拱廊上面是猫咪们的另一番天地。

和平街上养育了一群地方猫咪，和它比起来，荣町市场并没有呈现这样的状况。因为小规模的商店密集，所以卫生方面怎样都变不成和平街的那个样子。

猫咪看起来可爱，但对卖生鲜食品的商店和饮食店来说，它们可不如表面来得可爱。一般猫咪一年发情三次，每次生四到五只小猫，具体据环境不同会有差异。以每次五只来计算，一年就是十五只。野猫的寿命大约在四到五年之间。单纯来算，一生要生七十只小猫。当然不见得每只小猫都能存活下来，但即便那样数目仍然很惊人。如此一来，光猫咪的排泄物问题就够商店街头疼的了。因为这些原因，荣町市场的店主们限制了猫咪的繁殖，同时控制给猫咪喂食的行为。市场方面祈祷方针能够尽量让人和猫咪双方都能满意。

话说在前面所讲的三片领地里，市场中央地区的小巷对喜欢猫咪的人来说绝对是一个不能错过的好地方。不知为何，这里有很多刚出生两三个月的小猫，所以我把这条小道叫作小猫们的丝绸之路。

小猫咪们的戒心特别厉害。只要陌生的大叔（说我自己呢）一靠近，就立刻散开。不过也不是彻底溜走，而是跑到一旁，盯着我的举动，距离似远非远拿捏得恰到好处。明明乳齿才刚长齐，却一副野猫的腔调，警惕性绝不松懈。那样子十分可爱。

因为都还是小猫所以特别爱玩。前几天三只小猫还在路边的长凳下面玩起了职业摔跤，忽上忽下地嬉闹，令我忍不住笑着看入了迷。那一刻我好后悔自己没能作为它们的伙伴生下来。

就是这样，荣町市场聚集了很多可爱的猫咪。不管是成年猫咪还是小猫咪，一般都要黄昏过后才能看见它们。

猫咪本来就是夜行动物，晚上出动对它们来说正好。那么，白天它们又栖息在哪里呢？说得更彻底一些就是，对于野猫来说不可欠缺的集会——猫咪集会的召开地点还不得而知。市场内都是小路，路面狭窄，附近也没有公园，根本找不到能开集会的空地。究竟荣町市场的猫咪白天都是在哪儿过的？猫咪集会又是在哪儿召开的呢？这事儿我毫无头绪。

但，突然有一天我揭开了谜底真相。

猫咪不仅会横向移动，还会纵向活动。从二楼看市场的风景，这种事要是家不在市场里，一般人很难有机会办到。我也是偶然间抓到这么个机会，发现了窗外不可思议的景色。眼皮底下是一大片屋瓦形成的广阔波澜，毕竟四千坪的用地全是靠钢筋、铁皮、红瓦、水泥覆盖起来的，其余的空隙用拱廊覆盖，很是震撼。

而旁若无人地占领了这片广阔的屋顶广场的正是猫咪们。它们有的悠闲地睡着午觉，有的打理着自己，还有互相蹭着鼻子的情侣。这些家伙宛如是在地面的乐园上一样悠然自在地享受着晌午时光。

这也不是不能理解的，毕竟猫咪本来就喜欢屋檐这样的高处。高处受到外敌攻击的几率小，也容易观察敌人的举动。万一有敌人入侵的话，只要跳到地面上去就好了，原本跳跃着陆就是猫咪的得意技能。高处对它们来说兼具安全性和舒适性。

在猫咪还是野生动物的时代里，据说它们在树上生活。现在喜欢高处的个性或许就起因于此。

其实向田小姐也喜欢呆在电视机上面。有时她把那只有几厘米宽的窄薄之地当作栖木，在上面休息。一直觉得很不可思议搞不懂她为什么喜欢爬到那种地方上面去，想来这也是受了野生时期袭承下来的习性影响吧。

事实就是如此。对猫咪来说屋檐就是乐园，在市场的屋檐上的话也很方便它们开猫咪集会。到了恋爱季节，不用忌讳别人可以放心地在此幽会。小路上的小猫咪们肯定就是这些屋顶上的猫咪们的爱的结晶。

这么看来，猫咪数量会上升也是件没有办法的事情……不管怎样，荣町市场的猫咪们还真是找到了一个完美的圣地啊。

话说，世间万事总是挤在一起发生。

前文谈过很多次了，那会儿我正饱受着抑郁症的折磨。病情时好时坏，最不舒服的时候感觉头部像被头绳捆绑住了一样，有一种强烈的束缚感。最让人头疼的是症状出现前毫无征兆。一旦这个症状发作，我就不得不停掉手边正在进行的工作。因此这也频频给工作带来了麻烦。

对我来说这症状简直就是天敌一般的存在。不过，入夏后发作的次数有了明显的减少，随之低血压造成的眩晕和偏头痛也改善了。相应的我服药的量也得以削减。因为有段时间吃药就像吃主食一样，所以这让我的心情轻松了不少。

另一件让我烦恼的事就是和朋友的纠纷闹上了法庭。诉讼开始之后由于被告方申诉了另一件事情，所以审理中断了近半年。没想到剧情到此急转直下，因为法官的调停，事情得以向和解的

那霸街巷的猫咪地图

猫咪景点

荣町市场

方向进行协商了。协议进行得很顺利。被告方最终承认了我方提供的事实相关证据，答应和解方案里的要求，向相关人员道歉和反省。这让我百感交集。

终审那天蓝天晴朗透澈。之前上法庭都是坐车去的，然而那天我特别想走路去。

这麻烦的纠纷把我的内心和人际关系搅得一团乱。

“不如索性离开冲绳得了……”这样的想法不知道出现了多少次。事实上，有段时间我实在受不了这个地方跑到内陆转悠了好久。

我不止一次地想从世间隐匿消失。这自暴自弃的心情加剧了原本就没有改善的病症。但是，现在我终于能从其中一个麻烦当中解放出来了。我想用自己的双脚脚踏实地，好好享受一番这一扫阴霾的好心情。

从油蝉声声响的法庭回家的路上我一个劲地走着。

回想起来，和向田小姐开始一起生活的时候正是我最烦恼的日子。或许正因为如此我才会那么地疼爱她。这当中没有一丁点的利欲和手段，我和她只是彼此交心。不知不觉，渐渐地我不再自悯自怜。我的病情得以好转估计就是因为这心境的变化。如果真是这样，那我就等于被相亲对象向田小姐所救了啊。

回到家发现我的爱猫就在那儿。仅凭这一点已让我无比欣喜。

话题的先后顺序颠倒了。其实还发生了另一件事释放了我的内心。

那一年（二〇一一年）的早春，我再次遇到了住在水户的长年老友 T 女士。她是我的读者，也是个冲绳发烧友，有段时间她每个月都和丈夫一起来冲绳玩。后来有件事让她受了不小的打击，她也因此不再来冲绳了。我名义上说是去水户的偕乐园赏梅，其实真正的目的是为了鼓励憔悴的她。不过，我自己也有心病，全程一直没聊出什么有营养的话题。好在最后分别的时候她露出了笑颜，答应在冲绳再相见。

我在水户住了一晚，见完面的那一天晚上我在羽田机场搭乘最后一班飞机离开了。然后次日，也就是三月十一日，T 女士变成了灾民。

不断发生的余震、道路两旁散落的瓦砾、感觉随时都会发生泥石流的漆黑山路，到处都是开裂和错位的桥梁……从公司回家的路简直就像一部惊心动魄的逃生剧。据说目击了这凄惨景象的她，当时一边开着车脑中不断浮现出在电视上看到的阪神大地震的画面。不巧地震发生时她的丈夫因为工作关系不在水户，两人在当天深夜才得以相聚。在那之前，她坚忍着寒冷和死亡的恐惧度过了上半夜。

不用我说大家也明白受灾者的情况远不止此，福岛第一核电站距离水户不到一百三十公里。加上强度超过五级的余震和眼睛看不见的放射性物质带来的恐惧威胁着她。

虽然我在千钧一发之际回到冲绳了，但其实呆在水户的时候已经遭受了强度七点三级的前震。次日黎明之前强烈的摇晃让我差点从住宿宾馆的床上飞了出去。要是当时晚一天出发的话……

一想起来都会后怕。

地震发生之后第三天我才得以确认 T 女士平安无事。

T 女士在几个月后给我写了封邮件。

虽然强烈的余震还在持续，但我们人没事。像这样跟你报告地震的事情，我也好整理下自己的心情。回想起那个时候，我想一定是上天要仲村先生活下来吧，一定是因为还有很多很多东西需要你来写。

我很高兴她虽然遭遇了空前的大灾难，但还是逐渐朝前看，渐渐好了起来。

这次的地震和核电站事故随着日子一天天过去，“弃民政策”的实况也是昭然若揭。有指责说有人为了捏造安全神话制造了这场“人祸”。说得没错，受灾灾民正是因为这些人祸才变成核电站事故的受害人的。这个国家草菅人命，现在每天仍有许多人变成弃民。

说到弃民，T 女士也是其中之一。向田小姐也曾经遭到抛弃，而我也差点被世间抛弃。这样一群同命相连的人因为某些契机相遇，又经历了重重灾难得以再聚，互相扶持。现如今更是让强烈的羁绊联系在了一起。

人与人之间的缘分真是妙不可言，这让我再次认识到了“牵绊”的重要性。不管怎样，得以受到灾区读者和向田小姐的鼓励的我，实在是一个幸运儿。

地震一年之后，T 女士联系到我。

“我和丈夫举办了只有我们俩人的聚餐，餐桌上我们聊到了地震的事情。虽然事情已经过去一年了，但那一日的事情还是像噩梦一样，一想到眼泪就不住地往下流。我感觉三月十一日之后一切都变了。虽然我已经无法回到那日之前的样子了，但总算健康地活着。”

T 女士有一只叫作小敦的猫咪。虽然已经是一只成年猫咪了，但听说地震当日它像只小猫在寻找妈妈一样，在漆黑的房间里“喵呜——喵呜——”极力地叫喊。那一日，那一时刻，在那个人间炼狱里，每一个生物都在呼救。总感觉那种期望透过小敦细弱的声音传达到了耳边。看到主人回来时小敦的安心感，看到爱宠安然无事时 T 女士的喜悦，那样的心情是有多么多么深重啊。

只要活着，哪怕身处在地狱一般的环境之中也同样能共同分享分担。没想到她流下的眼泪教会了我这样一个道理。

凡事总能拨云见日。大家彼此心中总算照进了一丝曙光。

岛猫散步指南 & 拍照技巧

岛猫的特征

本书把栖息在冲绳的猫咪称作“岛猫”，并不表示这是一种猫咪的品种，谨防误会，特此申明。不过，生活在炎热地区的它们，身体构造上有些许相同点。岛猫的耳朵一般比较大，尾巴很长，这是为了增加体表面积，提高释热效果，让身体里的热量发散到体外。

在那霸常见的野猫有许多是长毛猫、暹罗猫、喜马拉雅猫等外来品种，有一种说法是因为十几年前很流行养外来的高级猫种。野猫是这些猫和当地流浪猫的混血种。都说人类混血混得越厉害外表就越漂亮，这点似乎在猫咪身上也是一样。照片里的是一只野猫，我给她取名“娜塔莎·金斯基”。岛猫里有许多像她这样混着外来猫种血统的美猫。其实向田小姐胸前的毛也很浓密，和长毛猫种混血的可能性相当高。可以说猫咪的混血化使得那霸成了美猫的产地。

如何找寻岛猫的出没地

没有街巷（胡同）猫咪们就无法生存，所以目标是小道、小路、狭窄的夹道、后巷等，最好是在找得到食物的商店街和市场附近。公园多是它们共享的地盘，到了黄昏猫咪集会开始的时刻，猫咪们会聚集起来。

向摄影大师仲程长治先生取经“猫咪的拍摄秘诀”

拍猫的时候我用 70—300 mm 的变焦镜头。猫咪们在意大镜头，所以拍照的时候把照相机转到腰后藏起来比较好。我还为此专门制作了一个照相机挂件。

给猫咪照相的要点是“脚下不出声”“拍摄动作一气呵成”“在口袋里准备好酥脆的猫粮作谢礼，尝试把自己当作新加入群体的猫咪，从领头猫开始下手”。

发现猫咪的瞬间要挪开视线不要与它们对视，先假装路过。此时要是有逃跑的猫咪千万不要拍。感觉猫咪愿意让你拍的时候再走回去蹲下，准备好藏在腰后的相机。如果这时猫咪还不动的话，就打打响舌。感觉到猫咪疑惑地对我方动静产生兴趣时，对上视线稍稍露出一点相机给它们看。这时候猫咪们都已经准备好了，“让你拍但请快点”。

如果不看取景器，拍摄仰角或广角照的时候要注意地面和猫眼睛的距离进行目测练习，焦距需要手动设置。

如果一次要拍几只猫，那先从它们的领头猫开始拍，多数可事半功倍。说一声“非常感谢”，请带着感谢的心情给它们一把谢礼。给它们的报酬是酥脆猫粮，但请不要过度喂食猫粮。

与人亲近的猫咪其实是很难拍的，因为它们急急忙忙地就靠过来了，所以焦距调整起来很难。拍摄者必须一边往后退保持距离一边拍。与猫保持距离很重要。好了，看着它们搔首弄姿就赶快按快门吧。

（仲程先生谈话录）

第四章……穿过石壁古道，漫步王城花园

石卷街

横穿神原大道走出神里原社交街，路上就没什么地痞流氓出没了。

灰色虎皮猫小政一口气穿过酒街的后巷，进入了陶器街里的小道。走到一半它停了下来。周围是安静的住宅街区，安静得仿佛此处无人来往一样。小政在旁路的草丛里藏了起来，小心翼翼地看着刚才走过来的路。

道路俗称石卷街，宽度不足两米。小道就如它的名字一样，两旁是绵延的石壁。

小政竖起耳朵同时看向周围的石壁上方。“似乎没什么可疑人物。”小政安心地松了口气。

石壁因爬山虎的覆盖一片碧绿，与树丛的新绿交叠在一起，使得前方的道路看起来色彩尤其鲜艳。明明已是二月的黄昏，但空气中仍然奇妙地带有丝丝温度。灰色的云彩铺满整片天空，夕阳从云层缝隙中探出脸来。阳光透过树叶照在石壁上，在这样一个暖洋洋的日子里小政也忍不住露出笑颜。

为了不让栖息在这一带的家伙发现，小政绕了一大圈路。走到这里终于快到天妇罗坡了。

“看起来似乎赶得及在夕阳西下之前回到我喜屋一家的地盘。”

虽然中途必须经过涌川三兄弟的地盘，但小政和它们都是旧相识了。“即便不能一路顺畅，但想必也不会遭到什么狠手吧。”小政心里估计道。

与之相比的，在小政居住的神里原，野猫们的脾气就很暴躁。它们抢争地盘，一条路上到处有不同血统的猫咪彼此凝视着。要是一不小心错进了这个地方，想出去可不是那么容易的。要不就立刻被好斗的看守猫威胁，要不就被它到处追着跑，有时还会发展成血腥的乱斗。就连在屋檐和树上呆着也不能松懈。有一次它就被一只放浪的色狼公猫盯上过。

本来这一带就是各家地盘的缓冲地带，在神里原，这些大家默认的规矩是古早就有的恶习。

俗话说物以类聚，恶猫旁边聚集的都是恶猫。尤其是饭馆林立的临时长棚屋附近，简直就是莽汉的老巢。哪怕是自信足够强壮的猫咪也不敢随便踏入此地。

小政连自己的父母是谁都不知道就被丢弃了。两年前它作为一个外来客迷路误闯进了这里，并开始在这儿生活。这儿有个不成文的规定，不管是从哪儿误闯进来的通通视为入侵者，不会让其进入任何一家的领地。理由很简单，因为多一只猫，就会少一份食物。它们没有义务让毫无关系的外来者分享本来就不多的食物。经常在这儿出没的野猫奋力驱赶外来入侵者也是无可厚非的事情。

当初小政流浪到此处的时候，作为一个异乡客它进不了任何一个领地。只能靠捡东西吃为生，忍受着饥饿的痛苦。但是那些地方都是多方势力共享的狩猎区。自然总有些没吃饱的家伙目不转睛地盯着这附近。小政在这里的遭遇很可怜，被爪子扯过，被咬过。好不容易到手的食物也总是被抢走。

如此一来，留给糊不了口的猫咪的选择就只剩一个了——找到可能拿到食物的领地硬闯进去强夺。很明显这做法破坏了规矩。它们也知道这做法凶残，可是为了食物只能拼了，甭管它们会被叫作恶徒也好，坏蛋也罢。像小政一样的外来者不这么做的话，也活不下去了。

就这样小政尝到了偷吃的滋味。有时它和别的流浪猫结盟，有时它单独抢夺。很快小政就陷入了新伤旧伤不断的生活。无法逃离这种颓废生活的日子偶尔也让它感觉很可耻，但同时它又不想离开这里。不管流浪到哪里都需要面对地盘势力这道坎儿。就算在这儿生活得并不舒服，但好在是自己熟悉的地方。

不知道是幸还是不幸，和那些臭名昭彰的恶棍们几次三番交手之后，小政成了神里原的第一把手。凭借着这威望，最近大家都对小政多了几分畏惧。有时小政踏进那些秉性恶劣的家伙的地盘，对方也不会出手。

本来，小政也不是随便哪个领地都会去抢的主。它瞄上的都是些贪得无厌、厚颜无耻的恶棍。不管多饿小政绝不会向那些饥肠辘辘、身体抱恙的猫咪、小猫下手。

——再油滑老到的野猫也有它的一套规矩。

正因为这份自尊心，小政才没有在这弱肉强食的世界里做出违背道义的事。它这么做不是为了显摆它的侠义之心，而是作为一个异乡客，它不想做出一些只会徒增悔恨的恶事。

可是，那些偷食的家伙可不这么想。那些流浪猫中有很多很嫌弃小政那些麻烦至极的道义作法，纷纷离开它，去染指一些恶棍才做得出来的事。

原本小政就从未想过要拉帮结派。本着去者不留的信条，随着日子一天天过去，昨天的朋友有可能今天就变成敌人了。

薄云再次覆盖天空，遮住了阳光。

石卷街上，小政正急急忙忙地赶着路。前方道路左转，连跑带跳地向北拐弯之后不久就能看见一个十字路口。右手边是通向祭祀土地神的宾头卢御岳[1]的参道。转左手边的话，是通向坡顶的夹道。正前方的道路也能通到坡顶上，只是要绕一大圈。

从这儿开始就是涌川三兄弟的领地了。小政全神贯注了起来。从正面的道路过去的话，应该会遇到涌川三兄弟里某一个值勤的，按道义必须打个招呼。要是走夹道的话，倒是可能省了这些麻烦事，但万一要是路上遇到三兄弟里的某一个的话，那到时候解释都解释不清了。

“欠人情总归不太好。要不索性哪条道都别走了，直接沿着民宅的屋檐绕过去算了。”小政这么思忖着。

“喂……小政兄，这边。”

小政放慢脚步，屏息观望四周。放眼望向十字路口前方的时候，发现御岳参道那儿有猫叫它，是一只纯白的猫咪。

“原来是龟三兄啊……”

前天管理我喜屋一家的牧志节子有令要和小政见个面诚恳地谈一谈，家中负责看守的龟三负责传达这个口令。龟三是去年得

[1] ビンジュルグワー，是十六罗汉之一的宾头卢（びんずる）的变音。冲绳地区常见的信仰。壶屋的御岳祭祀的是保佑地方和村落的神明。——作者注

流行病去世的贵族的子孙，还不到两岁，不足以继承家族名号，所以现在寡妇牧志节子在做监护人看着他。

龟三毕竟是将来要继承壶屋一门血统的猫物，为猫气量不凡。神里原一带的街道是一片不法之地，到处聚集了无赖流氓。龟三白天只身就敢造访这危险之地，不仅如此，今天它为了迎接小政还闯进了涌川三兄弟的地盘。

“真是个胆大如斗的主啊。”小政很是佩服。

“从这儿开始由小弟我来给您带路。跟涌川三兄弟已经打过招呼了，请放心。”龟三说道。

“太好了！我正烦走哪条路呢，真是麻烦你了啊。”

小政用鼻尖蹭了蹭龟三的鼻子，明确表示亲近感。

“您客气了。让您特地跑一趟，是我们不好意思。等您很久了，我们走吧。”

龟三带路朝着正面的道路走去，小政保持着不到半步的距离紧随其后。不久，左前方出现了一家配有铁门的民宅平房，这是涌川三兄弟的根据地大宅。

一只表情彪悍的咖啡色虎皮公猫正端坐在混凝土门柱上，是涌川三兄弟中的大哥塔拉。正坐在下方的是二哥吉拉和三弟桑拉。塔拉察觉到了龟三和小政的气息，耸了耸肩，目光锐利地投向它们。周围突然一下子充满了难以名状的紧张气氛。

此时，要是入侵者的话就应该避开对方的视线，默默地路过。何况塔拉把自己放在这么一个高处，正是它显示自己实力在其他之上的象征。这两只不得不老老实实地表现出它们的敬意。龟三放低姿势，像是匍匐前进一般地继续走着，用身体表达它的敬畏。小政也跟着学。

塔拉把视线从两猫身上移开，看向一边。同时，吉拉和桑拉也调整四肢坐回香箱座姿态，闭目冥想了起来。

小政忽然意志消沉了起来。

“大恩绝不忘报。”匍匐着经过门柱前的时候，小政反复在心中感谢道。

两年前，当它迷路误闯进宾头卢时，小政只能在祠堂里细声叫喊着。当时照顾它的正是塔拉。吉拉和桑拉也轮流给小政搬过食物，帮它梳毛。它们像父母一般照顾过小政。奇妙的是小政生活越落魄，脑内受三兄弟照顾的记忆越是会跑出来，每每都让小政清晰地领悟到生活总是建筑在回忆之上的。

如今小政闯进无赖的地盘就抢，被抢的猫咪们都称它为“神里原之鬼”。小政得此名号，涌川三兄弟不可能不知道。

不管理由为何，总没有道理暴力对待自己一手带大的孩子。对于小政这类似恩将仇报的做法，涌川三兄弟也一次都没有教育过它。塔拉紧盯着小政的犀利眼神已甚于任何雄辩。不管怎样，涌川三兄弟一句理由也没问就让它们过去了。

这让小政一瞬间很后悔自己做出的这些不顾猫情的混账事。俯身低头，浑身充满歉意。事情发展成这样，连道歉都没用了。小政压抑着自己想要回头再看一眼的冲动，动作敏捷地跟在龟三后头。

在坡顶的民居屋檐下迎接小政的是一只有风度又有些丰腴的

生活在壶屋的头领涌川三兄弟。
从上往下依次是塔拉和吉拉、桑拉。

母猫。和小政一样同是白底灰色虎皮猫，被毛闪亮，面容紧致，嘴唇温润厚实，别有风情。

“同传闻中的一样……”小政有些怯场地迎了上去。

“小政兄，这就是我们的头。”看守龟三引荐过母猫之后就立刻告退了。见此，母猫开始招呼小政。

“百忙之中，万分抱歉。初次见面，鄙猫名叫牧志节子。前几年丈夫我喜屋善兴去世之后，不才鄙猫担起了一家之责。原本应该是让后嗣龟三继承家业的，无奈他还太小，只能由我这女汉子来当家。大家都是相熟，还请多照顾照顾龟三。”

对方清楚豪气的语气让小政有几分惊愕。

我喜屋一家是壶屋附近的名门，三代世传。传说从前它们从坡顶到樱坂，有二十几个手下。其中有前途的，它们会毫不吝啬地赏赐领地。等传到了我喜屋善兴那代时，善兴感同身受地照顾体恤近邻地盘的朋友，实行了友善的外交政策。如今更是树立起了消灭领土之争的“宏愿”。

考虑和照顾到后嗣的立场，牧志节子选择沿用了旧家牧志的名字，而不是继承本家“我喜屋”的名讳。它打算等到龟三成长到足够撑起一家之名时抽身隐退。

看着震惊中的小政，它转换口气温柔地说道：“小政先生，特意把您叫过来实在是不好意思呢。客套话我们就不说了。来的路上一切还顺利吗？”

“嗯，很好。都是熟悉的道路，所以很顺利。托龟三打点的福，涌川三兄弟那儿也没发生什么麻烦事顺利通过了。”

“是吗？说到涌川兄弟，听闻你们早前是一起的？”

掌管我喜屋一族的女头领——牧志节子。是壶屋首屈一指魅力难当又侠气万丈的美猫。

“是的。在我还是小孩子的时候……他们在我被丢弃快要饿死的时候救了我。可我却辜负了他们，自个儿跑出来了。”

“我听说了。按那三位的秉性是不会赶猫走的。您为什么出走了呢？”牧志节子目光柔和地询问道。

“兄长们，啊，不是，涌川兄弟告诉我要是愿意可以一直呆着。可我觉得总不能一直受他们照顾。这样起不了表率作用。”

“表率？……”

“是的。像我这样的迷路猫咪在别人家的地盘吃白饭总不太好。”

“您还真是实诚呢。真想让我们家的小辈们听听呢。”

“没有没有，您客气了……”小政惶恐说道，“本来嘛，之后我的生活就跟混黑道的一样，也没起到什么表率作用，有损涌川兄弟的面子呢。”小政一脸消沉，一副绝望的表情。

“想必是有些难言之隐吧。这个话题先搁一边，您是在哪里出生的呀？”

“那个时候太小了，我什么都不记得了。等懂事的时候我已经被扔掉了。记得那晚清澈皎洁的满月当空，我被丢弃在一个有大院的建筑前。印象有些模糊了，依稀记得玄关旁边好像有玉蕊花……”

“玉蕊花啊……那你有没有兄弟姐妹呢？”

“嗯，有两个妹妹，被扔在同一个地方。她俩那会儿刚断奶，一定饿坏了。因为妹妹们一直叫喊个不停，我就跑出去找食物了。一番晃荡之后，我找不到回去的路了，从此就再没见过她俩。”

“哎呀，真是可怜。所以你才在宾头卢御岳被涌川兄弟捡到了。”

“您好！”说话的是我喜屋一族的客人小政。叉开四肢迎客是它的一贯作风。

"是的，没错。"

"运气真不错呢，一定是御岳的神明显灵了。想来你当时也还小，凭脚力应该走不远。说不定和你的妹妹在近在咫尺的距离内硬生生分离了呢。"

"估计是呢。"

"那，毛色您还记得吗？"牧志节子接连不断地问道。

"我记得大的那个是黑底白毛，小的那个是白底棕毛。但事到如今我也不记得她们长什么样了。更何况，现在是不是还活着都很难说……"

谈话间天空渐暗。想起原本早就忘记了的妹妹的事情，让小政不禁感叹时光荏苒。

仔细想想，期间它自己也完全没想过妹妹们是否安好。光是为了生存这一件事，就贪婪地用光了所有的时间。

"话说，小政先生之后您是怎么打算的？"牧志节子话题一转。

"也没什么可打算的。以前怎么过的以后还怎么过。"

"您还打算继续和那些恶徒们交手过着那样血腥的生活吗？小政先生，听说您有个绰号叫做'神里原之鬼'，但同时也被称为'神里原之神'。同样是偷盗之业，但您绝不偷弱势困苦的猫的食物。这不正是您被称为'神里原之神'的缘由吗？"

"哪里哪里。我只是……"

"关于您，听说您还布施食物。我也是道听途说来的，对不住，我找猫证实过了。前几天，龟三去神里原有一半原因也是为了这事儿。"

话题有些突然，小政不知道该说什么好了。

"小政先生，你施舍食物给那些饥饿的小猫，生病的猫咪，还照料他们。"

"不，也没打算……"

"涌川三位兄弟把您从小猫仔培养长大，这份重恩您可没忘吧。"

小政低下头，默不作声。

"成长在那样的地方。不对，应该说正因为是在那样一个恶劣的环境下成长起来的，对于那些困苦的猫，您才会想要帮助他们，就像当初涌川兄弟施舍给您的一样。难道不是吗？"

小政没有回答，继续低着头。

"神里原之鬼其实才是真正的神明。龟三也感到万分佩服。"

"大姐，您真是太抬举我了。您说那儿环境恶劣，可其实神里原的恶棍们骨子里也不是什么坏猫……这几年那一带因为再开发，好多个地盘都被彻头彻尾地摧毁了。这次轮到施工造路，到公园为止的整条道路都会被一股脑儿地挖个精光。因此，挨饿的家伙们有的侵占领地，有的为了吃暴力动粗……那些家伙脾气会变暴躁也是情有可原的。"

"一切都是因为人类。住在那里的猫咪心境会发生变化那也是世间常理。不管哪个时代，总在做坏事的也就只有人类了。"牧志节子唾弃地说道。

"话说回来，小政先生。其实特意要您过来跑一趟是因为……我有一事相求，不知您是否愿意委身于我们一家。"

"您这没头没脑地说的，究竟是什么意思呀？"

“我看中您了。难得的度量，加上不做无礼之事，真希望您这功夫能为我喜屋一家效力。如您所知，这儿是四条路汇合的十字路口。原本车流量就大，一到春天又是生育高峰。为了不让那些刚出生的小猫们发生什么意外，希望您能帮忙照料一下。”

“这是要叫我当小朋友的看护……”

“我知道这实在有点太为难您了。当然，您要是愿意做我家继承者龟三的左右手效力的话，那就最好了。您意向如何？”

“……大姐，您那么看中我我很高兴。但就算您这么说，我也不知道如何回答是好。何况，我就是个来历不明的外来者。”

“这是什么话。要说到底的话，我也一样，野猫们大家不都一样吗？小政先生，请听我说。不管是怎样的外来者一律不排外，绝不赶饥饿的猫咪出门，这是我喜屋的家训。前代领袖为此也是煞费苦心。这附近没有地盘之争，大家能过着平静的生活都是托这个的福。”

“可是……涌川大哥们会怎么说呢？‘我跑去我喜屋，劳烦他们照顾了。’事到如今叫我怎么开口和他们说这话。要真这么做了才是有欠道义呢。”

“您说的对。涌川塔拉先生说了他一定会和您断绝关系的。”

“一点没错。”

“小政先生，您可别误会。我说的断绝关系指的是断绝父子之情哦。”

“诶？……”

“您还不明白吗？希望我照料自家不成器的孩子的不是别猫，就是您的父亲。”

“我爸？……”

小政大吃一惊，重新摆正坐姿。

“只要一起生活个半年，不管是谁都不会把对方当外人的。更何况涌川三兄弟个个都是气量不凡的主儿，肯定把您当自己的孩子一般疼惜。那是比血还浓的牵绊啊。”

小政无言以对。

“做父母的，谁都不忍心看着自己亲手栽培养大的孩子从早到晚沉浸在血腥的斗殴中，提心吊胆他是否每天从噩梦中醒来。可话说回来，孩子要就这么离家出走了，就算叫他回来，估计他也不会老实地乖乖回来吧。可做父母的要是不赎这罪对大家也没法交代。‘实在是不好意思给您添麻烦了，但您能不能收了小政使唤一阵子呢？’这些都是塔拉先生说给我听的哦。”牧志节子一口气把事情全交代清楚了。

“差不多该出门了。”牧志节子回头说道。

突然从影子阴暗处跳出一只壮年咖啡色虎皮猫。小政吓了一跳。

“你们说的我都听见了。小政，看来你骨子里还不坏，没对那些饥饿困苦的群众置若罔闻，很了不起呢。可是，那些善行若是靠恶行得来的话，那不管理由是什么都没用。”

小政更加沉默了。

“考虑得怎么样了，小政？有没有意向在这儿混，专心效力直到被大家称为壶屋之神为止？牧志大姐和龟三也说请你务必留下。等到将来光荣地完成使命了，到时候涌川三兄弟定会一起来迎接你回去的。”

“实在是惭愧……”说完，小政再一次陷入了沉默。

“说什么傻话呢，做父母的不收拾小孩的烂摊子那还叫什么父母。照料小孩善后收拾正是父母对孩子爱的表现，没有任何理由，父母就是这样的。”

“欸。”

“听好了小政，这次轮到你去当那些即将在春天出生的小猫咪的父亲，真真实实彻彻底底地直面生命……话说，差不多到时间要走了。大姐，之后就交给你了。”

“我知道了。”牧志节子在前头开道。

夜幕降临天色已深。不知何时吉拉和桑拉出现在斜对面街角前来迎接。塔拉徐步走向它们，最后一同消失在胡同深处。

黑夜吞噬了三只猫的身影，满月爬上枝头，皎洁的月光照耀着大地。

是压抑的情绪涌上心头了吗？小政一直丧气地低着头。

哎呀，这成长速度真是让人瞠目结舌啊。两岁半之后，向田小姐重了三四公斤，比嫁到我家来的时候重了三倍，已经没办法长时间带着她走了。她呆在背包里似乎也很憋屈，除非心血来潮，否则她不肯一起去散步了。

可就算向田小姐那么懒，有条道路我还是想带着她去。

那就是壶屋陶器街北侧的一条叫做“石卷街”的道路。它距离壶屋主干道的后方很近，那里没有正面大道的喧嚣，最适合悠闲地漫步。

道路名“ISHIMAKI”的汉字不是来源于“石町”，而是“石卷”。道路就和它的名字一样，两侧居民家的石壁蜿蜒曲折，就像是要卷起整个村落一样一直延伸到远方。石壁外侧爬满了常春藤和天仙果等藤蔓类植物，附近是整片的新绿。

这条道会这么曲曲折折是有它的缘由的。如果街道像棋盘一样分割开之后，弄堂风就直接刮进来。这种街区要是一刮起狂风，没一会儿建筑物就全垮了。也就是说，为了阻止狂风、减低风压，人们故意把道路造得歪歪扭扭的。因此石壁才会顺着道路绕来绕去的。

祖先们更是在院子里种上了防风林，层层叠叠地保护房屋不受风灾。现在这些树木一年四季都开着可爱的花朵。

这种结构的街道来历久远。据说石卷街的石墙发祥于王朝时代的壶屋村落。也就是说这条街已有三百多年的历史了，而且，它还挺过了冲绳战时的“钢铁风暴”。前面就提到过当时壶屋地区受灾较少。那霸大空袭烧毁了绝大多数的市井街头，但壶屋一带逃过了这一劫。

离石卷街不远的天妇罗坡上流传着这样一个趣闻。

天妇罗坡的坡道中央现在有两家店，店的正后方就是战壕的遗迹。现在被建筑物挡着看不太清楚，但只要探头往后方看看就马上能看到。冲绳战的时候，平民们用来避难的战壕多为天然形成的。但是，壶屋附近因为没有这样的洞穴，于是人们计划在天妇罗坡挖一个防空壕。

整个工程全民出动，耗时两个月，于昭和十九年（一九四四年）的十月九日竣工。人们用农业道具徒手挖开崖地。据说竣工庆功宴当天喝得酩酊大醉的镇长放下狠话说：“战壕完成了我们就没什么可怕的了！美国的死飞机，你来试试看啊。”

狠话说完隔天，以那霸为中心，西南列岛遭受了总计一千四百架美军战斗机的猛烈轰炸。这就是前文提到的那霸大空袭，俗称“十十空袭”。这个无差别的轰炸造成冲绳全县六百人死亡，九百人受伤。受灾最严重的那霸市大火烧毁了九成的市街，有一万多户民宅全部遭到破坏。

那霸彻底陷入了毁灭的状态。幸运的是壶屋的家宅受灾情况较轻，居民们也因为躲进了这个战壕几乎全部幸免于难。真是千钧一发啊。

可是，“十十空袭”只不过是一场前哨战。美军登上冲绳县，真正开始陆上作战是在半年之后的第二年三月。街道再次因为猛烈的战火变成了一片废墟，只有石卷街的石壁保留住了它原来的模样，简直堪称“奇迹”。但这条街也并没有因此留有什么特别的文化遗产。街道宽度勉强只够两个人并排走，长度也只有一百来米，并不是一个别有趣味的地方。只不过，这儿有三百多年的岁月痕迹。一想到这儿曾经是一个车来人往的街道，就感觉这个小道比起首里城等世界遗产，更多地承载了当时的人类文明。

这点具体体现在民居的翠绿石壁上。说起石壁，一般壁角应该像刀刃一样尖锐地拼接在一起，但这条道上的石壁壁角却呈弧形弯曲。蜿蜒曲折的石壁，加上圆润的壁角形成的柔和曲线美，使得这条全部由石头组成的道路没了一般石头路的死板感觉。又或者是因为那些窨井盖上巧妙地刻了“波纹”“鱼纹”等壶屋特征，让原本再平常不过的铁板变成了一件件绝妙的艺术品，真不愧是工匠们的街道。壶屋的人民在街道建设上不仅重视实际功能，更在造型美感方面费尽了心思。

一到夏天，萤火虫乱舞在这条体现了人类高度文化水准的小道间，又是另一番别有风情的景象。石卷街的味道果然不是一般道路能够匹敌的。

扬扬洒洒生搬硬套说了那么多，实际情况究竟是怎样的呢？

再平常不过的绿色树木和变幻的天空，现如今这些自然界的风情却成了最奢侈的景色。在这个街道飞速变化的那霸，城市街道的中心部里居然还保留了这样一块像童话一般的世界。或许我只是因此有些震撼而已。

但这样也好。那霸接下来肯定会发展得越来越商业化，没人能阻止这趋向。这街道究竟会变成什么样我们也不得而知。只不过，如果说阳光透过树叶映照在旧民居的屋檐红瓦上的景象只是再普通不过的风景的话，那么人们在小道里擦肩而过时点头致意的举动也无非是一道日常的风景。这样的街景和人类形态的点滴得以被原汁原味地保存下来，这本身不就是一个奇迹吗？总之，无论何时驻足石卷街，我总能度过一段悠闲的时光，街道风景也总是百看不厌。

一条好的街道不正应该是这番模样吗？

我带着大懒猫向田小姐去了那条石卷街。当时季节正值黄梅天，我们看准黄昏时刻雨停之后去散的步。

向田小姐懒得出门的原因有一部分也是因为这下不停的雨水的影响吧。猫咪是一种狩猎动物，猎物不出动的梅雨天对它们来

被整片绿色覆盖的石卷街。这一带是野猫们的公用领地。

石壁转角皆有弧度。真不愧是陶艺工匠们的街道，小道美不胜收。

说就是休息日，这种时候它们都会选择睡觉以保存体力。这也是受到祖先遗传下来的习惯吧。再这样下去，那些没有狩猎必要的家猫会越来越缺乏运动。尤其冲绳哪怕大冬天天气也多见阴霾，加上黄梅天和台风天，冲绳一年四季之中下雨的日子很长。而且，像向田小姐这种绝育了的猫咪不需要花费精力在性行为上，愈发容易变胖。

是的，她有段时间胖得像头猪一样。在常逛的店里吃吃巧克力、小零食什么的，更加快了她作为家猫缺乏运动的宿命。那时候她的体重达到了历史最高值三点八公斤。从年龄上来说还在标准体重范围内，但因为她在不到一周的时间内就胖了六百克，所以看起来很不一样。

她坐成香箱座姿势后，双重下巴的肉就会从脸上垂下来，后脚那里可以看到有三层游泳圈扑了出来。也不知道是不是这些横肉的关系，她睡觉时的呼吸声变成了呼噜声，就连叫声也变得粗犷了起来。那张满月一样的圆脸实在是让人看不下去了，我忍不住问她："你真的是向田小姐吗？"可她的回答听起来都像"叶——叶——"的猪叫。于是我毅然决然地让她实行减肥计划。

我把平时的猫粮替换成了减肥用的猫粮，量也控制在平时的八成左右。那会儿我连零食都一律不给她吃。这种时候，最重要的是同居者也要拿出配合猫咪减肥计划的姿态。因为，不管是生病或是健康，还是空腹忍受着饥饿的时候，夫妇都应该一条心。特别是减肥期间的饥饿状态下，向田小姐容易暴躁，一有什么就冲着我来。这种时候我又怎么可以光自己一个人吃香喝辣呢。所以，那时我和她一起减少了我俩爱吃的肉和鱼的蛋白质摄取量，抱着必瘦的决心每天一菜一汤过着禅僧一样的日子。付出有了收获，向田小姐减掉了四百克的体重。不过，直至今日最终也没能回到她的最佳体重三点二公斤。

话题跑偏了。总之，因为向田小姐极度缺乏运动，为了刺激她我带她散步去了。

雨后的石卷街没有什么人，花花草草当中飘散着一股泥土的清香。向田小姐也努力吸着鼻子，仔细打量着周围的景色。她注视的方向是成排的树木。水滴滴落划过树叶使得树木显得更加的青翠欲滴，花儿们更加姹紫嫣红。

这落日美景就算不是向田小姐，换做任何一个人都会忍不住看呆的。正当我们看得出神时，一阵海风吹来，包围了我和向田小姐。海风徐徐，花草攒动，摇动了花叶上的水滴，就像是一阵阵临时雨一般打湿了前方的道路。

虽然这世上有许多名胜古迹适合和风细雨的景色，但石卷街的这番风情与之相比起来也毫不逊色。感觉行进在寂静的村落间的同时，穿过了雨水漉漉的小道。小道再往前仍是一片蜿蜒曲折。穿过接连着的夹道和后巷，就到了通向 Grand Orion 街的十字路口。

那天我选择向左顺着通向天妇罗坡的道路走。途中经过向田小姐被捡到的壶屋花园屋。她还小的时候我经常在这儿一边散步一边寻找她的亲人。因为猫咪一次能生三四个小猫咪，我就想到向田小姐除了典子之外可能还有别的兄弟姐妹。

不过，这到底是个不切实际的想法。和周期性排卵的人类不同，猫咪们是在交尾之后才排卵的动物。如果在发情期和多只公猫交尾了的话，会同时怀上不同公猫的小猫咪。它们的受精率非常高，因为这样才能更加安全地确保子孙后代的繁衍。而且，如果接受的公猫不同的话，遗传因子的变化组合也会增多，有利于保留强健的个体。

从保存物种的方面来说，猫咪的生殖活动最有效地依照了生理机能的运作。所以说，向田小姐和典子的被毛完全不同也是出于这样的道理。因此，就算向田小姐有兄弟姐妹，我也毫无头绪它们会是什么毛色。

就这样，我寻找过她的亲人，虽然一无所获。可向田小姐本身，别说兄弟姐妹了，她连自己被抛弃的地方似乎都不太记得了。

刚收养她那会儿，经过壶屋花园屋前时，她马上就会嗅嗅鼻子有所反应，尤其对她和典子常在一起玩的玄关旁的玉蕊树特别有感觉。我一把她放到树下，她就一个劲儿地嗅着，像在寻找什么似的团团转着走。但是，现在已经完全看不到她有这样的举动了。把她从背包里拿出来，特意让她看看壶屋花园屋的房子，她也是一副无动于衷的样子，马上又钻回背包里。

包括猫咪在内，动物们只会保留生存必要的记忆。它们完全不把过去和明天的事情放在心上。为了度过今天所以现在努力活着。日复一日，明天又为了明天的那一刻努力活着。对向田小姐来说，她现在的生活就是和我一起过着安逸的日子，仅此而已。

当我正细想着这些的时候，不知不觉我和向田小姐已经来到了回忆的场所——壶屋花园屋前。太阳渐落西山，周围的庭院树木在夕阳余晖的映照下，轮廓影子洋洋洒洒地倒映在建筑物的墙壁上。

抬头看见玉蕊，盛开的卷曲状玉蕊花压弯了藤蔓垂吊下来。花朵饱满得仿佛随时都会炸开一样。这又名舞香花的热带花朵，就如它的名字一样，只要一开花就会释放出馥郁的芬芳。花期在六月和七月之间。它在暮色降临后才开始绽放，而且只绽放一夜，等到天明的时候，那细线一般的一丝丝花瓣就凋零了。夜深以后，它的香甜气味更加浓郁。花朵全开的时候宛如天空中的烟花一般，白色、粉色齐齐绽放。在这南国深夜瞬间献上一出梦幻的绮丽景色。

“今晚或许会开呢，等天黑了我们再过来吧。”

我尝试着邀请向田小姐，挑起她的积极性。可她看起来一副很困倦的样子。慵懒地打了个哈欠之后，又合上了双眼。

“看来等不到明年向田小姐就要退出散步小队了呢……”

其实这预感一直徘徊在我心头，最近我只是更确信了而已。我知道随着她慢慢长大，这一天总会到来的。虽然我心里明白，可一旦到了这时候总免不了有几分失落。可我不能自私地让这个天生任性自由的物种来迎合我这个人类。

“是该还向田小姐一个清静的时候了……”当我高举起手碰触玉蕊花时，不经意地领悟到这一点。

夕阳终于要下山了，前方的天妇罗坡也渐渐被暮色包围。

我俩爬上了坡。这儿是刚才我们走过来的路和 Grand Orion 街合流的地方，同时也是从陶器街延伸过来的坡道和天妇罗坡合流的地方。这是一个道路错综复杂的路口。

这一带由白底灰色虎皮母猫牧志节子领头的我喜屋一族掌管。那霸的野猫栖息地多为公园、商店街、市场和民宅后巷，但我喜屋一族的地盘不属于其中的任何一种，它们从古早开始就一直居住在这个交通要塞。

不知是不是受地理条件的影响，我喜屋一族里寄居着很多个家庭和在周边生活的散养猫咪，形成了一个家庭领地和狩猎领地重合的区域。所以猫咪的个数也多，在这儿没有哪天是见不到猫咪的。它们和这区的人们关系融洽，有很多喜欢与人接触的猫咪，简直就是一条猫咪专属街道。

散步那天正巧遇到两个家庭的猫咪在夕阳下的路口边共聚天伦。我凑近观察它们平时生活的模样，碰巧看到几只小奶猫正在挤妈妈的奶喝。

猫咪一般在春去夏至的时期发情。在地处亚热带的冲绳，猫咪们的发情期更早，一般在一月到二月之间就开始了。按照孕期六十三天左右算起来，这些小奶猫应该生下来差不多一个半月到两个月左右，可以算是今年最早降临的小奶猫了。

一看到这幅场景，我不禁想起向田小姐小时候的事情。当她还是小猫咪的时候，耳朵特别的大，看起来特别不协调。看这些小奶猫也同样耳朵大大的。据说这是在炎热地区生长的猫咪的共同特征。猫咪因为身体不会排汗，所以它们运用全身散热效果最好的耳朵来调节体温。确实泰国暹罗猫的耳朵也很大，冲绳的岛猫也继承了这样的身体特征。果然统管一方土地的牧志节子耳朵也很大，眼睛鼻子端正，长着一张典型的岛猫面容。

从这个角度来讲，对于野猫观察人员来说我喜屋一族之中有很多适合观测的对象。另外，还有一只不得不提的猫咪——它就是向田小姐偷偷仰慕的白底灰色虎皮猫小政。

这只公猫几个月前突然出现在这里。不知为何它总蹲在四条道汇合的路口边的壶屋居民会所的招牌正下方。

那天它还是呆在老地方。在它的鼻中到鼻尖处长着一块灰色的斑纹，面相看起来十足一副胆识过人的样子。平时它总是蹲坐在那儿眼神锐利地观察着周围，俨然透着一股勇者风范。但它身上总有一股讲不出的晦涩感觉，散发着一股这一带其他猫咪罕有的难以接近的气息。向田小姐似乎正是看上了它这一点，听她说“这种风姿毅然的感觉看起来才帅气呢”。

向田小姐还真是现实，一知晓小政在那里，立马起身从背包里探出脸来眨巴着眼睛望了过去。我尝试着从旁边靠过去，可小政立刻就站了起来，叉开四肢摆好架势。这是它平时的站姿，每当它与人类接触时，它必定会张开四肢盯着对方。但它不会威吓对方，眼神看起来也很平静。估计是在尽它地盘守卫的职责吧。

我尝试着蹲下来伸出手，它会把鼻子凑上来蹭蹭，但绝不会从自己的位置那里往前走半步。抱着试试看的心态我往旁边移动了半步，小政也同样往旁边移了半步。它这是在努力保卫地盘吧。我可以强烈地感受到它那份意志。

我重新坐到地上正对它，它也跟着端坐了下来。还真是个应对得当的家伙。

“你真是个了不起的家伙。”我愉快地用手指刮了一下小政的鼻子。它似乎也放松了，用鼻子蹭了回来。

“那，下次再见吧！”

告辞之后，小政一动不动地只用目光目送我们远去。那是对这肃静的风景里远去的背影最好的回礼。

亲眼记录下了那一瞬间光景的我缓缓地走下天色渐暗的天妇罗坡，向向田小姐问道：“怎么样？更加崇拜它了吗？”

“真是个帅得一塌糊涂的先生呢。”

“你还真是没说错。”回想小政那处事得当的大丈夫气概，我频频点头。

“说来也怪，自打第一次见到它的时候就有一种熟悉感。不知是不是这个原因，我对它的仰慕也成不了那种喜欢爱慕之情。真是不可思议呢……”向田小姐似乎越想越烦恼。

民宅的灯火星星点点地点亮着天妇罗坡，坡路很快就走到了尽头。我和向田小姐这不长不短的旅途也正要画上休止符。

浮岛街～神里原附近

“好久没出去散步了，去走走怎么样？”

我受向田小姐邀请和她一起出门了，可近来我的心情并不明朗。这天也是一样，她最近很少陪我出门散步。明明晚上出门去常逛的店家时，她总是兴冲冲地跳进背包，可一到白天她就开始抱怨“我很困”“别烦我”，明显表示她不愿意出门。因为这个原因，我最近很少出门观察野猫了。长时间阴霾的天气也是我懒得出门的原因之一。

回想起来这一年（二〇一二年）从夏天起总是不是下雨就是多云。八月冲绳地区的观测雨量达到了历史最高值，日照时间也变短了，快入秋的时候接连三个台风陆续袭击了冲绳本岛。每个台风来袭时，气象厅都拉起了最高级警报。九月二十九日登陆冲绳本岛的台风十七号在那霸市的瞬间最高风速达到了六十一点二米。我居住的泊地区的国道线上到处是翻倒的车辆，各地区受灾严重。

到了十月，这次轮到台风二十一号在南大东岛的大洋上停滞不前之后转移到了冲绳近海。连续四日，冲绳本岛遭受了强风暴雨的袭击，去离岛的航船全部停运。原定在各地方举行的活动也通通终止了。

感觉秋天还没来得及过，就直接进入冬季了。这天也是从早上开始阴沉的雨云就压在低空，明明还是大白天，天色却像傍晚一样暗沉。

“话说，今年刺桐花开得格外好呢……”走着走着我忽然想起来。

刺桐树到了夏天会开出像鸟儿羽毛一样的深红色花朵。花朵鲜艳的颜色和南国风情真是适合极了。刺桐花作为冲绳的“县花”为人们所熟知。另一方面，有传闻说这花开得尤其灿烂的那年就会遇上台风。虽然没有确凿的证据，但冲绳人民把它当作自然界的警示，认真地相信传闻是真的。事实上，这一年确实大大超过往年的记录，总计有十二个台风接近冲绳。真如传言所说呢。

同样这一年对猫咪来说相较于以往也是一个特别锻炼它们的年头。发祥于北非沙漠干燥地带的猫咪严重受到野生时代的特性影响，对雨水特别的没辙儿。它们的被毛就充分体现了这个特质。猫毛很难甩掉身上的水滴，干燥起来又特别难。所以，一旦被水打湿，猫毛就会紧贴在身上，体温会随之迅速下降，马上陷入严重的状况。

向田小姐也是。生下不到一年的时候她还不怕水，和我一起洗澡，在浴缸里游泳。但随着身体逐渐长大，本能也被唤醒。现在的她超级讨厌水，就连碰到莲蓬头里的热水它都会像疯了一样到处逃。

连家猫都如此，更别说是那些很少有地方可以躲雨的野猫了。风雨对它们来说简直可以说是天敌也不为过。特别是那些在生育高峰期产下的小奶猫们，对它们来说冲绳的风土气候得是多大的考验啊。

冲绳四季温暖，很多人误以为对猫咪来说冲绳是一个容易生活的地方。但从降水量来看的话，事实上并非如此。冲绳的梅雨来得比内陆要早一个月左右，夏去秋来的时候又是台风频繁登陆的时期，冲绳本身又特别容易下亚热带特有的骤雨。春天刚出生的小猫体力极度虚弱，抵抗力又没有发育成熟，正是长身体的时候却要遇上下雨期。事实上，每年有无数野猫没能熬过这个季节。

生活在我居住的泊地区的野猫母子可能也没能熬过来。领着一家人的母猫是一只只有鼻头是灰色的白猫，刚满一岁的年轻妈妈，育有两只两个月大的棕色虎皮猫。平时总是三只一起在附近闲逛，所以我就管它们叫作“母子家庭”。六月台风过后，该母子的行踪就音讯全无了。祈祷它们平安无事。总之，风雨对野猫来说是左右其性命的最大威胁。

因为这个情况，所以每当台风过后出门确认野猫们是否平安成了我必做的功课。幸运的是，生活在公园和胡同里的猫咪们一只都没有少。它们因为群居在一起，可以分享高危管理能力，所以，它们有自己的安全避难所以备不时之需。

另一方面，没有结群以家庭为单位悄悄生活在住宅街里的猫咪们别说避难所了，就连固定的居住地都难以确保。因为高层公寓的建设和土地工程使得这里的猫咪们失去了自己住惯了的街巷和住所，且这样的事情时有发生。

泊的母子家庭也是其中典型的一家。它们从原本居住的旧家的屋檐和地板下搬离，辗转各处，却因为重复的街道再开发工程彻底失去了可以睡觉的地方，名副其实地陷入了睡大街的窘境。

而且，重建的公寓和商业楼不仅没了露在外头的屋檐、房檐，就连地板都全埋实了。这样一来野猫们失去了可以躲避风雨的地方。为居所所迫的猫咪们有的会选择在一楼有停车场的穿堂式民宅居住。但天气恶劣的时候，这个地方也算不上什么安全之地。因为停车场前面是一片空地，遇到台风和大雨的日子就会迅速浸水，长时间暴露在寒风之中。因而常有猫咪躲进停在停车场的车子的引擎盖里，从而遭遇凄惨的事故。

住在住宅街的猫咪们面临着无法应对周围环境的变化的窘境，加上再遇到连日的坏天气的话，别说小猫，就连成年猫咪都很难存活。说野猫们正迎来一个灾难的时代也一点不为过。

从自家大宅向南朝着浮岛街的方向走去。这条街差不多从国际大道正中间的松尾十字路口附近开始向东南方向延伸，贯穿了那霸第一野猫生存区的牧志地区和松尾地区。

道路路宽五米，狭窄的道路上胡同、夹道四通八达。浮岛街再向前五百米与 SUNRISENAHA 商店街交错。商店街左转就是壶屋的陶器街，右转则是开南细流街，笔直往前行就到了神里原的中心地区神里原大道。去国际大道方向的话，只要穿过一条横马路就能通到新天堂街了。这几条道无论走哪一条都能遇上猫，浮岛街是连接它们领地的重要通道。

浮岛街的名字来源于战后不久建起来的“浮岛酒店”。虽然时隔已久我已经想不起来是谁告诉我的了，但我还记得我是怎么反问他的。“浮岛这个词难道不是王朝时代就有了的吗？”

现在很难想像当初的那霸是由国场川河口的三角州和奥武山

为主的土地组成的小岛。那个三角州就叫做“浮岛”，当时还是那霸的俗称。因此，当有中国使节造访的时候，会在连接浮岛和首里的安里地区架一座浮桥。十五世纪中旬，一条名叫长虹堤的海上道路兼堤坝道路被建了起来，取代了原来临时搭建的浮桥。放到现代的话应该取名为 Rainbow Bridge 吧。据说长虹堤上建有好几座桥梁，同时也是单轨列车其中一站站名的美荣桥就是其中之一。

简言之就是，随着这条海上道路的竣工，王城首里和浮岛之间的往来已不再需要船舶。那霸一跃成了名副其实的国际贸易地区。有一首古代歌谣记录下了当时的场景。

首里太阳之子（国王）之所在
营造浮岛
唐人南蛮齐聚来
驻留那霸
王城太阳之子之所在

意思是受首里国王的命令建造经营的那霸港口，陆陆续续迎来了中国和欧洲南蛮的商船入港。从歌谣里就能看出当时繁荣昌盛的那霸被称为“浮岛”，也就是说浮岛街街名代表了古代那霸的名称。战后建起来的酒店有可能只是借用了这个古称而已。

话说回来，现在到访这里的人也不会思考这问题了吧。现在街上到处是精致的咖啡店、葡萄酒酒吧、二手服装店和服装精品

后巷深处是岛猫们的住所。
从周围摆放着的食盆来看，应该有人给它们喂食吧。

浮岛街的正后方还有这样的风景。
在街巷散步是一场回味时代变迁的旅途。

太平街的招牌猫达达。它把金属脸盆和篮筐等商品当作自己睡觉的地方。

连接着浮岛街的小路。店里全是与岛猫相关的产品。这条街上的人对猫咪的异常喜爱之情可见一斑。

店，这里完全变成了一条时尚街道。

就在这样一个年轻人聚集的区块，我发现了一件出人意料的事情。当我不经意地看着商店构建和招牌的时候，我突然发现这里还留有不少年号已久的老字号店铺。有卖榻榻米的商店、五金店、菜刀专营店和表框店。之前一定是被那些现代风格的餐饮店吸引了注意力，才没有观察到这些老字号。

事后经过调查才了解到，原来战后浮岛街作为工匠们聚首的街道重新发展了起来。自打知道了这事以后我常去浮岛街寻找昭和时代的遗留物。有些老字号的店铺在招牌上把当时流行的店号刻成浮雕，独具匠心。每当看到这些的时候我都忍不住停下脚步看得出神。我本以为自己没有什么怀旧情结，也不知道是不是老了，若是在普通的风景中发现什么能感受到世界变迁的东西，就感觉这散步像是经历了一个小旅行一样满足。

当然，我散步原本只是为了看猫咪，所以若是路上发现哪只没见过的新猫咪的话，立马注意力就被吸引了过去……

浮岛街对猫咪观测者来说很特别，是一个决不可错过的地方。因为整条街通向多个领地近路，是大家的共用土地，所以在这里时常能碰见驻守在神里原一带的流浪猫，或者是住在和平街的不太相熟的猫咪，又或者迷路的猫咪。在这儿能观察到它们的另一种生活样式。

到了恋爱的季节，公猫母猫纷纷跨过自己的领地，此处就成了它们幽会的地方。但是，很少有母猫会在公猫的求爱行动之后迅速回应对方。母猫的使命是孕育生命力顽强的子嗣，能在群体社会中存活下来的家伙，所以公猫必须拥有强大的DNA。要得到母猫的认同可不是一件容易的事情。有的公猫笨拙，光顾着追自己中意的母猫，等快追上的时候又被母猫打，只能夹着尾巴灰溜溜地逃走。还有的公猫很可怜，好不容易快和母猫成为情侣了，母猫却被突然出现的新面孔帅哥吸引，被横刀夺爱。生育高峰期对公猫来说每一天既是一种修行，同时也是一种苦行。

浮岛街上正上演着宛如电视剧般灼热的恋慕、爱慕故事的同时，对那些沿街的商店里养的猫咪来说，这些风月之事似乎与它们无关，悠然地过着自己的生活。其中有家洋货店还特意在橱窗上贴了张纸写着“本店有猫”。这家店有只三色猫，它是只名副其实的招牌猫，整天呆在入口的垫子上看店。旁边有几只黑白花纹的放养猫咪，它们肆意地进出药局和公寓大厅。因为样子和向田小姐有几分相像，所以我管它们叫“伪向田小姐”。它们与人十分亲近，一伸出手指它们就会把鼻子蹭上来。

可惜，今天运气不佳。不知是不是因为天气变凉了，它们躲在商店里面的缘故，招牌猫和伪向田小姐都没能看到。

天空阴沉得仿佛马上就要塌下来了似的，云层变得越来越厚。

“这天气猫咪也晒不到太阳了。”

冲绳冬天常遇大陆的高气压擦边压境，所以很容易出现多云的天气，每天日照都不够充分。看样子天气提前进入冬季的模式了呢。原本是为了慰问慰问猫咪们才出门散步的，这下连一只猫都没看见就已经走出神原大道了。

风吹得人有些凉。我无所事事地一边走一边思考起了“老爹居酒屋”池田君的事情。昨天池田君第二次接受了长达十小时的开颅手术，现在正在医院严格的麻醉监管下安静地睡着。

他的病叫作脑动静脉畸形。大约一个月之前池田君告诉我他生了这个没怎么听说过的毛病。这是一种先天性颅内疾患，脑内的动脉和静脉通过病变的血管连接在了一起。如果放着不管的话，血管内会形成血块导致血管破裂，有可能引发大脑内出血、脑蛛网膜出血等致命的并发症。该病的发病率为十万分之一，死亡率是百分之十。病发者多见于十多岁到四十几岁的年轻人中。因为小时候并没有感觉到有什么不适的症状，池田君做梦都没想到自己会患有这么严重的病症。直到在为那霸马拉松大赛做准备，练习跑步的时候，他才发觉自己身体出现了异常，头痛欲裂。经过精密仪器检查才知道是动静脉畸形引发的脑出血症状。当时立刻就住院了。

这事儿简直就像是一道晴天霹雳一样砸向了他。经过多次检查之后，发现大脑病变区域恶化得很厉害。以他的年龄来说发现这个病的时间实在是有些太晚了，因此血管肿块也比一般患者大很多。

治疗方法有两个，要么把头盖骨打开把病变的部分摘除，要么用一种叫作伽马刀的仪器接受放射性治疗。后者的话既不用打开头盖骨，住院时间也会比较短。但是，因为他的病变部分面积太大，已经超过了放射性治疗所能接受的极限，所以，只剩下接受外科手术这一个办法了。但对他本人来说，他还未做好心理准备。毕竟在病发之前他还精力充沛地在工作，然后一下子告诉他他得病了，还病得必须要做开颅手术那么严重，这实在是让人有些难以接受。

对池田君来说，他还有另一个麻烦。因为他是从大阪搬过来住的，在冲绳没什么亲人亲戚。可之后需要有人替他安排医疗手续和手术准备，术后更是需要有人照顾他。而且，居酒屋也最起码要歇业三个月，需要有人帮他管理屋子和店铺。

当我去看望他的时候，我已经感受到了他极度的心理压力。

“我一把年纪了为什么还会遭遇这样的事情？我没办法接受。”

我非常理解池田君为何如此怨念。当我那会儿被医生告知自己得了抑郁症的时候，我也是一直责骂自己为什么会惹上这种折腾人的毛病，然后买了很多关于抑郁症的书彻底地读了个遍。

池田君也做了和我同样的事情。得知患病之后，他把电脑带到病房里，仔仔细细地调查了这个病的病理，再次出血的概率和治疗方法等。但病魔这个东西吧，你越是直面它就越容易感到不安。因为对病越是了解的同时，就越了解病症有多恐怖。当然，他知道做手术是必要的。但是，根据病变的部位不同，手术也不是说做就能做的。哪怕手术成功了，将来也有可能留有后遗症。

“总之，最可怕的是后遗症问题，术后会有后遗症。要是之后我连工作都做不了了，将来我可怎么办呀……”

在大阪生活那会儿他虽几度经历困境，但肯定没像这次这样折磨人。

渐渐地我去医院看望他的时候，他变得越来越沉默。常常利用别的医生的第二意见请求院方允许他在外留宿，仔细思考要不要接受手术。不管任何手术都是有风险的。医生会告诉患者手术中所有的风险，再在此基础上全力实施手术。最后要不要下决心做手术由患者自己来判断决定。

幸运的是住院期间有交情不错的客人和朋友帮忙照看他的住所和店铺。幸亏大家伙迅速地动员起来，支援行动几乎得到了完美地落实。

但是，他还是很烦恼，做手术的决心反反复复。这也难怪他，谁都不知道手术之后他会以何种状态出手术室。主任医师也告诉他："如果不想做手术的话，手术当天早上提出取消也没关系的。可以慢慢考虑再决定。"

这真是人生当中最重大的一次决断啊。还好，老天也不是一直都在考验池田君。池田君有一个交往了半年的女性，她答应照顾他。出乎意料的，对方还是个从医人员。从复杂的医疗手续到店铺、住所的管理，加上护理工作，她细心周到地照顾着池田君。只能说他俩的相遇注定是一个奇迹。

十一月下旬，池田君终于下定决心把一切交给医生和朋友。当天他给我写了封邮件。

"手术日定好了。虽然我已经下定决心了，但还是有些害怕。手术不简单，我必须加油。当然，这事关性命，还有可能留下后遗症，我也只能铆足劲加油了。我跟大家也这么说了。现在我不会胆怯，我会以强韧的精神力、强大的运气和想要活下去的决心渡过这个难关的。"

"是的，现在你只要考虑你自己的事就行了，剩下的有我们这些朋友支撑着你，我们也已经做好了准备。所以现在你就不要客气，放心交给我们吧。"我回信里如此写道。可人类这种生物不是你说放心交给我吧就会乖乖答应的。因为任谁都有他自己的年龄段里独有的固执和矜持。我也是一样。正因为现在这把年纪了，才不愿意接受别人的照料。

他几番改变主意也是出于这个原因吧。

出于职业性质，对这种心理十分了解的她也没有马上催促池田君赶快下决心。她理解池田君的秉性、踌躇和不安，一样一样地陪着他商量直到他自己说服自己为止。

在邮件的结尾最后一行里池田君如此写道："虽然我觉得没有这种万一的情况，不过，若真遇上了还请你多照顾照顾她。"

池田君对她充满了信赖感，所以，才能下定决心走这步棋的吧。估计做手术是那两人一起得出的结论。我很佩服她的勇气和她无私奉献的爱。

"我知道了，请放一百二十个心去应对手术吧。"我只回复了这么一句。

手术的难度似乎非常大。检查完流入病变部分的动脉血流速度，医生发现手术中有很大可能出现动脉瘤破裂的危险。

主任医师说虽然也可以一次性实施手术，但为了极力规避风险建议分两次做手术。第一次手术是六个小时，然后间隔一周时间再做的第二次关键性手术需要大约十个小时。

"希望将来你能再次站在店铺里，所以我希望尽量谨慎地进行手术。"

这手术无论对医生来说还是对池田君来说都是一场体力的考验。虽然池田君一度有些灰心沮丧，但他已经下定了决心。他同意了医生的建议，把一切托付给了医生团队。

结果，第一次手术时间花了十小时都不止，第二次手术也超过了十个小时。我和池田君的女朋友只能在ICU休息室里祈祷他安然无恙。

“只能听天由命了……”这是池田君的口头禅。

“这要是真的有个什么万一，可怎么办才好呀……”我脑中净是这句话在飘荡。

我很难表述当主刀医生告诉我们手术很成功的时候我是怎样的心情。从第一次手术开始就一直护理着池田君的她也大大地松了口气。

从池田君住院开始，她尽量把时间腾出来照顾他，有时甚至请假照料。要不是有这么个人，别说那些医疗费和医疗手续了，从住院准备到每天的护理，还有手术的安排等等，事情是不可能像现在这样进行得那么顺利的。

“你还真是帮了大忙了呢。”虽然我没把这话说出来，但我真心觉得如果没有她的话，就没有现在的池田君了。

我忽然想到向田小姐刚做完绝育手术时的事。那天，我整晚都在照顾她，亲眼目睹了生物克服困难的强大生命力。而我和向田小姐的恋爱丘比特正是池田君。所以，不管怎样我都期盼着他能够平安回来。

不过，真正的战斗才刚刚开始。因为注射了大量的麻醉药，从睡眠状态到完全苏醒过来又得花近一个星期的时间。举个例子来说的话，就好像是用麻醉药把他冰冻了起来一样，这次轮到要一边看着过程变化一边慢慢把他解冻过来了。在此期间，如果再次出血的话必须实施手术，哪怕病变部位没有出现异常，也可能出现术后特有的浮肿、肺炎、肝功能退化等症状。也就是说，手术后的头几天是第一个难关，一周后是第二个瓶颈，能不能渡过这两个难关将直接决定他能否战胜病魔。

明明才刚度过第二次手术，他却还要继续战斗，真是太惨痛了。

推土机不断地从眼前经过，贯穿神里原中心地带的神原大道现在正在进行扩路施工。

数月前这里的街景还停留在昭和三十年代的景象，现在却变得一点都不认识了。到处都在挖路，被解体了的建筑物瓦砾像山一样堆得到处都是。用铁皮搭的连檐的关东煮铺和小酒馆的临时棚屋，以及道路上一半的建筑都被拆除了，小巷也暴露在了外头。

战后，自然形成的黑市发展形成的这一区域是那霸的中心地区。现在知道的人不多了，但其实战败后的那霸绝大多数的市街地区都被美军所接收了，而第一个向民间开放的就是战祸较轻的壶屋地区。

而与壶屋相邻的神里原地区先后开起了衣料店、饮食店、杂货店、五金店等。百货商店和电影院也陆陆续续开了出来，渐渐地形成了一个大型商业区。还有许多印刷公司、出版社和照相馆也在这里，所以神里原地区同时也发挥着它作为文化中心的作用。虽然最终一九五三年开通的国际大道成了其中最重要的街道，但据说在最繁荣的时期，全长仅三百米的神原大道和它旁边的胡同里曾一度有三百家店面在此营业。我们现在能看到的长屋大院酒家和后巷里密集的饮食店都是当时的建筑。过去的农产品市场保留了战败后不久的建筑景象，它曾与神原大道一并成为当时的主要干道。

虽然现在这里很萧条，但毫无疑问的是，以神原大道为中心的这一带确实是冲绳战后复兴时期的原点。换一种说法来讲，这里的建筑物本身就是纪念当时的那霸的文化财产。可惜的是，如此贵重的景观也未能逃过时代的洪流，一切被冲刷得一干二净。

我向着勉强还保留着长屋形态的酒馆后巷走去。周围鸦雀无声，有一只黑猫躲在小道深处的黑暗角落。下半身毛色呈深咖啡色，右眼上面有一条像裂缝一样的伤口。这一定是丹下左膳。我一走近，它立刻戒备了起来，锐利的眼睛眯成月牙状紧盯着我。它不像时代剧里的左膳[1]是个独眼龙，但因为它那冷酷又带有些地痞流氓气息的怪异面色令我太过印象深刻，所以我就给它起了这么个名。那一天它的眼神也是一如往常的犀利。

神里原附近的猫咪大多是这种长相。封住小路出口和丹下左膳激烈对峙着的三只黑猫也是，长着一副漫画里的坏蛋脸。按照体型的大小，我管它们叫作库巴一号、二号和三号。它们之所以和丹下左膳剑拔弩张地互看对方是为了地盘之争。

因为不断发生的城市再开发工程和扩路施工导致这一带野猫的领土急剧减少。失去住地的猫咪和迷失方向的猫咪之间总是不断地发生领土之争。

库巴联合小队也是其中一员。原本居住的场所全部变成了计时停车场，只能藏身在汽车底盘下。当然，它们无法生活在这种

[1] 丹下左膳：林不忘笔下的小说人物，是一位独眼独臂的剑客。

地方。加上这一年天气尤其的恶劣，无法遮风挡雨的停车场不适合做它们的家，它们变成流浪猫也只是时间的问题。

与之相比起来，有四个手下的丹下左膳的领地是长屋大院。这里有路又有屋子，还有对猫咪来说最安全的屋檐。而且因为长屋本身就是条饮食街，所以它们不用愁吃的。为了那些食物，库巴它们马上就入侵了这个地盘。另外附近失去共用捕猎领地的猫咪们也入侵了进来。

于是地盘之争发展得一发不可收拾，到处是流血受伤的打架事件。丹下左膳额头上的那条很深的伤疤就是这么得来的。左膳打起架来十分厉害，跟它抢地盘的猫咪们也不可能全身而退。到了繁殖期，又轮到抢母猫了。处处上演着无情的斗争。

前文我就说过猫咪本来不是一种喜欢争斗的动物。神里原的猫咪原本生活得很平静，与人亲近的猫咪也不少。换句话说，与人类比邻而居的时候它们的性格十分温顺。因为这一带都是些旧街道，有很多生活方式传统的老人们。这种区域里多的是给猫咪们喂食的阿姨妈妈。可是，因为地区开发，原本在这里的居民纷纷搬走了。就是从这个时候起，神原大道里的猫咪们性格变得粗暴了起来。

在历史长河中褪去了野生动物习性的猫咪和谐地融入进了人类社会。如果人类环境发生骤变的话，它们的生活也会随之发生变化。如果事态变化发展到威胁它们生存的地步的话，生存斗争就会开始。原本野生的战斗本能会被重新唤醒。自然它们的脾气就会变得暴躁，其中不少猫咪不仅对自己的同类，对人类也加强了警戒。这一带的野猫长相会变得如此凶恶也情有

神里原的黑猫军团。双眼向上飞起，眼神犀利的丹下左膳（上）。残酷抢夺地盘的库巴一伙。在远处的停车墩旁的是库巴三号（中）。表情凶悍地说着『混蛋，你很碍眼』的是库巴一号（下）。

大白天就在幽会的情侣。两只之间的距离十分微妙，
不知道这场恋爱结果会是怎样。

可原。

它们可能注意到我的脸经常看到，所以丹下左膳严厉的眼神也稍稍缓和了一些，就地梳理起毛发。在它平时午睡的铁皮屋顶上有只黑白色毛的母猫正舒展着身体熟睡着。

夏天的某一日，当我来到这里的时候发现有一只两个月大的黑猫正在铁皮屋顶上和随风飘摆的衣服玩耍，估计是丹下左膳和黑白母猫生下的小猫吧。可没过多久就再没见过那只小猫了。一定是陆续来袭的台风夺去了小猫的生命。这让我再次认清了现实的残酷，原来哪怕生存环境有保障的猫咪想要活下来也是那么的困难。

我走在小路上，抬头发现灰色的云朵遮盖住了狭长的天空，愁云惨淡。

丹下左膳轻盈地跳上垃圾箱后，又一个飞身跳上了屋顶。已无人驻足的这条小道对面变成了一片空地。丹下左膳满身疮痍好不容易守护下来的这个长屋也只剩下几个月的时间就要全部被摧毁了。

我穿过神原大道向通向壶屋的陶器街的小道走去。侥幸未被开发的这块地只要稍微走进一些，周围就立刻没有了大道的喧嚣。眼前的街景仿佛回到了半个世纪前。很多民宅都有大大的落地窗，符合陶器街的特征。到处都可以看到居民家的围墙上镶着驱魔用的石敢当[1]。

---

[1] 石敢当：又名泰山石敢当。立于街巷之中，特别是丁字路口等路冲处被称为凶位的墙上。石碑上刻有“石敢当”的字样，在碑额上有狮首和虎首等浅浮雕。

在铁皮屋顶上休息的猫咪们。这种惬意的风景也就只能趁现在看看了。

壶屋到牧志地区的这块村落，街区排列不像棋盘，所以几乎没有直角交错的十字路口。狭窄的道路蜿蜒缠绕着整个村落，形成了许多丁字路口和死胡同。因此，我在这儿迷过很多次路。在丁字路口犹豫着该向左走还是向右走时，刚迈出几步就发现前进的方向是个死胡同。折返回来又是丁字路口，在交错往返之间完全失去方向感。

“糟糕，完蛋了……”

当我还在原地踌躇的时候，抬头必能看见的是石敢当。冲绳人相信石敢当能击退前行的魔物和邪气，因此岛上的人在丁字路口、三岔口或者死胡同的石墙上安上石敢当。可对像我这样迷路、束手无策的人来说，感觉自己就像是被这些石敢当玩弄了。幸好沿街的民宅和小公寓都比较低，视野比较开阔，能够看见陶器街成排的壶屋烧窑和石卷街茂密的绿荫，所以迷路的时候只要朝着那个方向走就没事了。

有趣的是，这里的猫咪和神里原的猫咪性格完全不同。它们一律都很温顺，很多猫咪在你走近后会过来蹭你的脚。在悠闲恬静的地方生活的猫咪果然与人亲和。在这个区域里能感觉到它们就是人类生活样态的缩影。

前方可以看到用涂白了的灰泥筑成的平顶瓦房。用砖墙围起来的小房子结构着实神奇。母屋旁边另建了一小块地方，只有那里用混凝土和铁皮板严实地覆盖了起来，既没有窗子也没有换气扇，看起来很憋屈。但是，小屋和母屋相连的墙壁上距离地上二米高处正好有一块砖大小的四角形的洞。正确来说的话，是为了开这个洞而特意建高的感觉。

又不是要监视外面的动静，这个洞究竟用来做什么的呢？

因为这个洞远看也很明显，所以散步经过这儿的时候我总是很好奇。有一天谜题终于解开了——一只肥胖的棕色虎皮公猫正呈香箱座状坐在洞里，它正对面的砖墙上有一只和公猫形成鲜明对比的身形纤细的母猫——原来洞是给这里散养的猫咪们进出用的啊。

打那之后我常来这里逛，目标是那只母猫。全身覆盖着奶油色被毛的它只有手脚、脸和尾巴是茶色条纹状。清透的蓝宝石色瞳孔令人印象深刻，长相和暹罗猫的特征很相近，说不定是继承了暹罗猫浓厚血统的混血猫。

在我认识的野猫之中它是最漂亮的一只，神情也很魅惑，从没见过哪只母猫像它这样讨男人喜欢的。我第一次见到它的时候就被迷住了。这事儿我一直瞒着向田小姐。

和那只不常出门的公猫不同，母猫经常出没在对面的壶屋烧的工作坊附近。那天它果然还是在那里。它的视线对面是正在玄关口工作的少言寡语的陶艺师傅。它和这个陶艺师傅似乎很合得来，他俩总是一边保持着微妙的空间距离，一边一起安静地度过下午的悠闲时光。不过，他俩互不打招呼。默默地和着泥土的工人，和一只津津有味地看着陶艺师傅双手的猫咪，这景象看起来就像是纪录片里的一幅画面，百看不厌。

都说作家和猫咪很和谐，但在我看来孤独地专注做一件事的工匠或许和猫咪更协调。

当我佩服地看着他俩时，突然背后有个声音说：“莉莉，你还好吗？”

我回头一看，对方是一个七旬的老奶奶。她可能正在散步，停下了脚步用看孙子一般温柔的眼神微笑着看着母猫。

是附近的熟人吧。陶艺师傅朝老奶奶看了过来点头示意。母猫看了一眼老奶奶，又马上把视线挪了回去，再次专注地看着陶艺师傅工作。

“小哥，这只猫很可爱吧。”老奶奶随口搭腔道。

“原来它叫莉莉啊。”

“是我自己随口叫的。对吧，莉莉？你就是莉莉，对吧？是的，奶奶我也很好。”

老奶奶在我旁边也不和我搭话，一个人自言自语地说了起来：

已经是一年前的事情了。它、妈妈和妹妹一起来到这里，在对面的人家里住了下来。大概是从神里原附近过来的吧，因为那边到处都是撤离的无家可归的猫咪。

莉莉的妹妹也很可爱，它们俩长得很像。前不久它俩还在那边的车底下一起玩耍，今天不知道是怎么了，另一只不见了呢。

妈妈早前就不见了。把孩子们带到这里之后就离开了吧。这是常有的事。母猫自己得找东西吃，还得给小猫找东西吃。等小公猫稍微长大一些，它自己就会离家出走。要是这样母猫还养不活其他小猫的话，它会连小母猫都一起放手不管。

所以，当母猫找到一户人家似乎愿意收留它们时，它就会这样告诉小猫："那户人家有个人很爱护猫咪，或许还能拿到食物，说不定还会收留咱们。快过去试试。"母猫就这样教小猫们独立。动物们很早就会离开父母独立，温室里的小花是生存不下去的。

以前经常有母猫带着小猫突然出现在居民的院子里。是的，都是为了食物。那个时候为了消灭老鼠，很多人也愿意养野猫。一旦拿到食物，野猫就会经常光顾那户人家。等小猫和居民混熟一点了，母猫就销声匿迹。但有的小猫很怕人，就是不愿与人亲近。遇到那样的情况，母猫就会去找另一户愿意收养它们的人家。然后这样告诉小猫们："那户人家住了个小女孩。小孩都很喜欢小动物的，快过去试试喵喵叫唤看看。说不定这次会收留你们哦。走，快上吧。"

小猫也知道自己终有一天要离开父母的，于是它们战战兢兢地踏出第一步。可总有离不开母亲的孩子。那时候，母猫就会大叫威吓它，强逼它离开。等小猫一拿到食物母猫就迅速离开，连头也不回。母猫为了让小猫们成长独立都会狠下心来做。现在小公寓房比较多，有院子的人家少了很多，所以像这种故事也不常听到了。

莉莉它们运气比较好。从以前开始这里就住着一个爱护猫咪的人。莉莉的妈妈或许知道卡彭在这里才把两只小猫带到这个家里来的吧。

诶？卡彭？你一定听不明白吧，是我自己随口叫的啦。在那个四角洞里有一只猫总是在里边睡午觉，没错，就是那只很肥的猫咪。小哥，你知道的也不少嘛。因为它长相

在车底下玩耍的莉莉姐妹，靠里边的美女是莉莉。两只长得十分相像，很难区分。

现在仍保留着木头电线杆的旧街。
岛猫们喜欢在这里磨爪子。

像暴力团伙的老大，所以我管它叫卡彭[1]。

它酷爱斗殴，还强取豪夺，是个什么都做过的粗暴的猫咪。身上到处是抓痕咬伤，可就算浑身是伤，它还是成了这一带最厉害的猫老大。所以它越来越得意忘形，脾气也越来越坏。它还十分好色。两只小猫一居住到这儿，它就想对莉莉的妹妹下手。不过，莉莉妹妹似乎相当地不情愿。可卡彭还是一直追着它跑，激怒了莉莉。莉莉用自己纤细的小身板死命地保护妹妹，反过来把卡彭追得满地跑，最后总算是让卡彭死了这条心。

妹妹怎么样了？它啊，因为这件事很难在这儿继续住下去了。现在每天都去附近的人家那里找食物。

不过这究竟是为什么呢？男女之事真是让人搞不懂呢。也不知道卡彭哪点好了，打那之后每当卡彭打完架受伤回来的时候，莉莉都会帮它舔舐伤口，梳理被毛，认真地照料它。小哥，你明白吗？女人的爱就是种奉献，母性决定了女人这种行为。就像有人生来就为他人奉献一般，莉莉也是如此。真是惹人怜爱啊。

就是这份温柔融化了卡彭冰冷的心。卡彭原本是一只流浪猫，被这里的人收留了。或许因为它被人丢弃的时候孤零零的，受过很多伤，所以性格很阴沉。我想一定是莉莉一心一意的爱不知不觉治愈了它阴霾的心。所以它现在也不打架

[1] 卡彭：此处名字由来应该是源于黑帮教父阿尔·卡彭的名字。

了，总是呆在那个洞里等莉莉回来，简直就像我家老头子一样嘛。哈哈哈……

小哥，猫咪和人都一样，爱和被爱是最幸福的事情。没有了寂寞感，这就是幸福。卡彭也终于领悟到了这点。所以说呢，小哥，让对方幸福才是真正伟大的行为。

啊，都已经这个点啦，我说太多了。老头子还在家里等着呢，我先走啦。莉莉，你好吗？嗯，老奶奶我也很精神哦。

陶艺师傅可能走到工作坊里头去了，不知什么时候起看不到他的身影了。莉莉还端坐在路上，注视着老奶奶慢慢离去的消瘦背影。

“池田君已经不是一个人了，因为在他身边就有一个带给他幸福的人……”暮霭沉沉的天空下，我咬紧牙关深深地点了个头。

路上街影已经拉长，差不多是时候回家了。家里饿着肚子的向田小姐应该正焦虑地等着我回家。对了，穿过绿丘公园回家吧，这个时间段说不定茶茶丸它们正在开猫咪大会呢。虽然要绕点路，但这么久没见了，能跟它们打个照面也好啊。

我一迈开步子，莉莉就像是估计好了一般从我的面前横穿了过去，轻盈地跳上砖墙。

就在这个时候，墙壁里侧响起了一声很大声的猫叫。

首里寒川街

我有个小爱好，就是看向田小姐的健康手册。这是她常去的动物医院发行的手册，上面记录了她迄今为止的病史、体重变化、疫苗接种日期等诊疗记录。手册上面饲主一栏写着我的名字，宠物一栏写着“向田小姐”几个字。第一次去医院的时候，还因为这个名字引起过小麻烦。

当我交出初诊用的文件时，受理处的人指着名字一栏问道：“Xiangdian 先生，这一栏写的是猫咪的名字。”

“是 Xiangtian。”

“啊，对不起。向田先生，这一栏写的是猫咪的名字，然后，您的名字写这里。”

“呃，我就是这么写的啊……”

“您是饲主对吧？请写全名。”

受理处的人似乎完全搞不清状况，毕竟找遍全日本也找不到其他叫这种名字的宠物吧。这事是有些绕。

“不好意思，这只猫叫作向田小姐[1]……”

“？？？……诶？不好意思，您不叫向田吗？”

“是的，我叫仲村。我在这里写了全名了，你看。”我指着饲主一栏说道。

“诶？猫咪叫作向田小姐，饲主叫作仲村先生。啊，原来如此，我懂了。那这孩子是‘小向田小姐’[2]是吧？”

“不对，是向田小姐，没有‘小’字。简单点解释的话，就是‘向田’是姓，‘小姐’是名。”

“啊——，是的是的……向田小姐对吧。”

“喵！”

被我抱了起来的向田小姐精神地叫了一声。她记得自己的名字，所以还以为接待员在叫她呢，就很礼貌地回答了。接待室里听见我们这一来一往的对话内容的人们都大笑了起来，借此向田小姐在护士之中名声大噪。

一晃三年过去了。看看健康手册里的体重那栏，初诊接种三联混合疫苗的时候是一点一五公斤，一岁的时候是二点九五公斤，两岁的时候是三点一公斤，现在都长到三点四到三点六公斤了。嫁进来之后重了三倍不止呢。向田小姐健康地成长到现在，期间她从未得病，寄生虫检查也总是阴性。

今天要去医院接种三联疫苗。这种疫苗每年要接种一次，费用是五千二百五十日元，相当于人类接种预防流感的疫苗所需费用的近两倍之多。不过接种这个之后可以预防感冒等感染症以及死亡率很高的白血球减少症等疾病，所以不是什么钱不钱的问题。

向田小姐很怕打这种预防针，和人类小孩一样她很怕去医院。不知道她是记住了“医院”“打针”这些字眼，还是因为她

---

[1] 日语中“先生”“小姐”“女士”等可以统称为san，所以此处受理处的护士才以为“向田”是作者的名字。

[2] 原文是：“向田さんちゃん”，日本姓后面加“ちゃん”，表示昵称，就像中文称小张、小李一样。

生性敏锐知道会打针，只要我一说“去医院咯”她就会到处乱逃，不愿意进背包里去。

这一天我也是把她从窗帘后面拖出来，拉到车上的。

“我讨厌打针，很痛啦。主人，我一定要去打那个针吗？呐，你饶了我好不好吗。”她一副不情愿的样子。

“不行。你接种的疫苗比人类的还要贵呢，说什么奢侈的大话呢。你要感谢我让你去打预防针才对。”

就这样带她去医院的路上我一直唠叨教训她。把她放上诊疗台之后，她立刻失去了平时顽强的样子，一直在往后退。一定非常害怕吧，她一边不安地看着我，一边奋力地“喵——喵——”叫着。

“向田小姐心跳得很快呢。没事的，稍微会痛一下下而已啦。好了，没事了。”

兽医一边安慰她一边替她打针。针很快就打完了，可对害怕的向田小姐来说那可能是长达数小时的折磨。

回家之后向田小姐疲乏地团在坐垫上。说不定是因为注射效果太强烈了，因为医院特意重申过：“接种过预防疫苗后短时间内会没什么精神，还可能会腹泻。今天一整天让她安静地好好休息。”

毕竟疫苗是一种异物，一时之间会让接种者陷入感染症病发一样的状态。因此，有的猫咪会出现一些轻微的症状。向田小姐三年前第一次来我家时，她拉肚子拉在我的坐垫上了。回想起来那天正好是她首次接种疫苗的日子，那时她刚打完针过了没几个小时。

第二年开始这种症状就消失了，就算有什么症状也基本没什么大问题。说不定这次也只是引发了一个很小的副作用。

“向田小姐，身体感觉如何呀？”

听到我的询问她抬起头看了我一眼，但马上又把眼睛闭上了。看来身体很倦乏呢。刚才还听到她的鼻鼾声，这会儿就立马睡熟了呢。

趁向田小姐睡觉的时候我出门了。我打算去首里走走，稍微会走得远一些。

正好雨似乎要停了。今年（二〇一三年），冲绳地区从五月中旬就进入了黄梅天，进入六月之后连日天气晴朗，黄梅天中途停止了好几天。

这天，晌午一过天气马上就像变了个脸一样下起了滂沱大雨。不过雨没有下很久，很快刺眼的阳光又从东面的天空里透了出来。晴天下雨的现象在冲绳叫作太阳雨。这名字起得真妙。缕缕阳光之下，欲停又止的雨滴偏偏落下。气温应该超过三十度了吧，雨一停天气就变得很闷热。这天气真让散步的人欲哭无泪啊。

大约半年前，我开始经常到首里一带来。这个地方不用介绍大家也都知道，它曾是过去琉球王朝的国都，现在也是响当当的名胜古迹。而且这一带有很多侍奉王族的士族后代的大宅和府邸。庄严的氛围是首里街道独特的味道。

但是，自从以首里城为首的古迹被认定为世界遗产之后，整个区域变成了旅游观光资源，多出了许多计时收费的停车场。才想着能不能改善一下，这回又轮到道路拓宽施工，街道风景大变样，华丽的建筑和商店奇怪地变得特别显眼。虽然还不至于彻底商业化，但走过路过时感觉总是不太好，总感觉风景变得有些陌生了。再说，以前这里有很多小道，充斥着居民们家中散发出来的味道。现在因为新建筑的拔起，这些小道也减少了很多，自然在这儿遇到野猫的几率也与之相应地少了很多。

因为这些情况，有段时间我就不去首里了。可我发现首里一带也有好几个隐蔽的好去处，都是我在采访和工作回家路上偶然发现的。刚开始只是一个点，几次三番散步下来我把这些个景点串了起来，现在发掘出了一条我原创的首里散步路线。

那就是我现在正准备前往的寒川街。把国际大道东侧的安里三岔路口当作起点，有三条路线通向首里。其中我常走的路线是经过大道街，再从首里坂下街到龙谭街，到了这条道上街景与之前的会截然不同。路上还有公交车十分便捷，但因为来往车辆太多，这里并不适合散步。

剩下的两条路线都是经过大道街到冲绳都酒店，再经过酒店后面的分岔路到达的。爬上坡之后立马就是左右分岔路。右边那条是赤 MARUSOU 街[1]，左边是寒川街。和公交车通行的线路相比，这两条路都很狭窄，交通流量低，可以算是首里最适合散步的道路了。

虽然从赤 MARUSOU 街可以眺望整个东海，但我的第一选择总是寒川街。因为在这条全长不到一千米的道路上，左右两边建有从王朝时代留存至今的古刹。一般来讲，大家认为冲绳寺院

---

[1] 赤 MARUSOU：是一家专门制造味噌、酱油等调味料的公司。公司原址就在这条街上，街名由此而来。

比较少，但在首里走走就会打破这种想法。围绕首里城有很多个临济宗的寺院。寒川街的两个寺院也属于京都市右京区花园里的临济宗大本山庙心寺派禅寺。

年轻的时候觉得逛寺庙什么的是老年人的行为，不知不觉自己也到了喜欢这种带着沉香味的旅行的年纪了。虽然我信教不深，但我认为无论时代如何变迁，神寺佛庙总是土地来历、历史变迁的倚仗，对热衷历史的我来说是不可错过的景点。

走进寒川街，眼前的道路四曲八弯了起来，转角也越变越挤。第一间寺院慈眼院就在前方。天气原本就很热，一路走来还都是上坡路，才刚走了二十分钟，我已经浑身是汗了。

大口大口喘着气的我穿过琉球石灰造的白色山门，走进宽阔的院子，一阵凉风吹来。

就是这个，从东海向首里山脚一直吹上来的冲绳县海风。海风带走了汗水，一瞬间让我忘记了天气的酷暑。

慈眼院是冲绳数一数二的观音信仰圣地，殿内供有千手观音菩萨像的慈眼院也被叫作首里观音堂，对当地居民来说后者的名字更熟悉。

寺院创立的契机要追溯到十七世纪初。一六〇九年，由于岛津氏的侵略，其管理支配下的琉球的佐敷王子（之后的尚丰王）当作人质被萨摩藩带走了。那时，王子的父亲尚久许愿说只要儿子能平安回来，就在首里土地上建观音堂。之后，佐敷王子安全回来了。一六一八年的春天，尚久按照誓约在这个地方修建了一座观音堂，在观音堂南面建了慈眼院。

也就是说，这个寺院的创立契机是受到琉球王国开国以来的国难影响。之后国王在院内祈愿国家安宁和航海旅途安全，因此人们也开始逐渐信奉这间神寺。然而，这个大有来头的寺院也在冲绳战中被烧毁。之后于一九五二年得以重建，又在一九八〇年新建了殿堂。

红瓦修葺的唐破风[1]顶的正殿全部涂成红色，柱子也全是红色的。从京都五山到妙心寺、大德寺等具有日本代表性的禅寺，无论哪间皆以古雅闲寂为基调，寺院一律以黑白色为主。像这种感觉的寺院还真是独一无二呢。

我第一次来这儿的时候，这个奇妙的造型曾令我大跌眼镜。当时我的第一反应是："和正殿好像啊……"

无论是红色的色调还是殿堂的形状都和首里城正殿正面的样式像极了。从寺院的由来来讲，它本就和王朝关系颇深，说它是照着正殿的样式仿建的也一点都不奇怪。不过禅寺的思想却一点都没保留下来。

冲绳的建筑是不是都会按照冲绳的风格发展演变？原本，慈眼院本身是战后再开发出来的，所以我们无从得知它原来是什么样子，可不管怎样，这间寺庙刻意模仿王朝时代的建筑式样而建这点是没错的。

另一个值得一看的地方是挂在正殿正面屋檐下的匾额，那上

[1] 唐破风：破风是一种日本传统的建筑样式。平安时代出现了千鸟破风和唐破风建筑。所谓唐破风是指其中一种中央部凸起，两端凹陷的曲线状屋顶样式。

首里，金城镇的石阶。
这个现今那霸知名的观光景点也是从寒川街延伸出来的。

面用金色的字样写着“万岁岭”。正如这个山号[1]里的“岭”字一样，寺院就建在高冈顶上，就在首里台地之一的万岁岭西端。

根据碑文的来历说明，尚真王（一四六五——一五二七）来这个地方游览时，高喊万岁以祝愿王朝治世、国家繁荣，于是一四九七年在丘岭上建碑刻“万岁岭记”，并把这座丘陵称为万岁岭。

也就是说，在慈眼院创立一百二十年之前，万岁岭就作为一方名胜为人们所熟悉。国王看中这里是因为此地有号称首里八景之一的名胜古迹“万岁岭夕阳”。

寺院深处有个瞭望台可以眺望全景。这个寺院我已经来过很多次了，每次都被气派的殿堂吸引住了注意力，稀里糊涂地直到最近才发现这里有个瞭望台。

我喜欢在寒川街散步是因为可以欣赏这片景色。从这里望出去的风景可以说是那霸最美的风景。中午过后那霸的天空云彩散去，越见晴朗。眺望西边可以看见远处庆良间列岛从海面上露出一角；东北方向是绿意盎然的末吉绿地；眼皮底下的名嘉座森林里长满了茂密的树木；正前方是冲绳特有的纯白色的街景和湛蓝浩瀚的东海。

正好是半年前，我曾在这儿欣赏过落日黄昏的美景。原本我只是沿途顺道走过来看一眼的，没想到发现从这儿可以看到患脑疾的池田君入住的医院，当时我就呆在原地了。

[1] 山号，用以指代寺院名的山名，比如日本人说“比睿山”，实际上大部分时候指的都是比睿山上的延历寺，“比睿山”就是山号。

“原来离医院这么近啊。”感觉就像在意料之外的地点不期而遇了一样。眼前这个似乎近在咫尺的光景让我十分的意外。

池田君成功地从手术后的冬眠状态中苏醒了过来。光麻醉药全部退去就花了大约一周的时间，可见真的是一个大手术呢。后来听主刀医生说，当时病变部分的血管随时都有可能破裂。若是再晚几天动手术的话，事态可能会变得非常严峻。

要从这样严重的病况中苏醒过来，我们都不知道他醒过来的时候会是怎样的一个状态。庆幸的是肝功能和肾功能都没有出现异常，血压、脉搏也很正常，血色也不错，浮肿的脸庞和手腕也消肿了。他堪称完美地渡过了这道命坎儿。最令人担心的脑部机能也没有问题，对我们的呼喊也有反应，说笑话他也会笑，表情很丰富。

当他展现出惊人的康复能力的同时，我们发现他的对话反应变得迟缓，右手行动也有些许迟钝。这是手术前的脑挫伤和脑梗塞留下的后遗症。

不过话又说回来了，和手术规模相比这些后遗症都算是很轻的了。医生也打包票说过只要坚持复健的话，这些症状都会好转的。

但是，他本人似乎对于一直不见好转的会话能力和右手的活动机能感到相当的急躁不安。他能把居酒屋开得那么好就是因为他菜刀用得好，言谈又相当幽默的关系。“再这样下去，之后我还能回去工作吗……”有时池田君就躺在医院的病榻上，神情憔悴，灰心丧气地嘟哝着。

不管得什么病都一样，一旦清楚没有生命危险之后最痛苦的就是身体恢复不到原来的健康状态，进而陷入焦躁不安。这种焦虑伴随着体力的恢复日趋严重，这是心理建设没能赶上身体的恢复能力的证据。两者的差异加快了焦虑的累积，使人陷入心理恐慌。

我也曾经历过这种痛苦，万分悲切。“明明接受治疗都这么久了，为什么病情就是不见好转呢？”这种想法正是病患的心理阴影。从这一刻开始才真正需要护理。

当我明白自己的治疗还有很长一段路要走时，我的心情发生了很大的变化。和医生商量之后，决定从今年的春天起减少我的抗抑郁药的药量。这种情况下，对精神面的控制变得极为重要。患病以来，反倒让我这方面的控制能力强了很多。不管怎样，我想要脱离这种药罐子的生活。

池田君也是，对他来说接下来的时间才是胜负关键。之前一切都还算顺利，之后只能慢慢地扎实地按照复健疗程照做了。他自己也很清楚这事。再者身边还有个人陪伴，缓解他焦虑的心情。两个人手术都挺过来了，之后只要齐心协力一定能够渡过难关的。

“不要一心想着十成的完全康复，先努力看看能不能康复八成。”想通这一点之后池田君把开店的事情往后延，然后从一月起转进了专门的复健医院。

回想半年前我在这儿看到的景色。夕阳斜下西海，余晖渲染了整片天空，描绘得整个世界炫彩缤纷。正如古人们赞誉的那样，黄昏天色渐晚时，渐变的暗红色天空确实太过美丽了。

不过那会儿池田君刚从麻醉中醒来，完全不知道将来会怎样。估计他看到这景色一定会担心吧。出现在那神圣光芒下的庆良间列岛的倒影容易让人联想到西方净土，多少有些不吉利的感觉。忽然冒出的这些奇怪想法让我的心情有些难以平复，于是我决定走到正殿去看看。我投了香钱双手合十。

池田君转院之后已经过去四个月了。现在还在坚持专心复健中，恐怕他本人也没有料想到自己的复健之路会这么长吧。

知了在院内的大榕树上声嘶力竭地鸣叫着。天空一片湛蓝，眼下那霸纯白的建筑群反射着午后的阳光，十分晃眼。虽然眼前的风景和半年前的一模一样，可明显现在的心情要好太多了。

走过慈眼院之后，寒川街的坡道就没有那么陡了。顺着道路往前走大约五百米处，可以看见一间名叫“首里琉染”的染布工房。此处也算是个隐僻的琉球历史景点。其实这里有一个和守礼门一样的牌楼样式的中山门。琉球处分[1]之后牌楼老朽不堪，于明治四十一年（一九〇八年）拆除直至今日。

这门正是进入首里城的第一座城门。现在还留存着的守礼门其实是第二城门。很少有人知道，其实中山门和守礼门是相对而建的。连接两道门的东西向五百米长的道路被称作绫门大道，是进出首里城的主要通道。

十六世纪造访琉球的中国使节团成员之一的陈侃著有史书

---

[1] 琉球处分：是日本等海外历史学者对明治政府强制吞并琉球的一系列政策及过程的概括用语。

《使琉球录》，他当时看绫门大道的地方正好就是我现在所站的位置。位置朝向自西向东，是中山门面朝守礼门的方向，右前方有另外一家寺院，可以看见安国寺的山门和王族的陵墓、玉陵。当他从这儿眺望这条大道时他这么评价道：

> 路平坦可容九轨。石墙夹道，崇墉百雉。

其中九轨指的是道路宽旷可以同时容纳九辆马车并排前行。路宽约为十二米，按照现在的马路规格来说的话，差不多有四车道那么宽。当然这已是琉球王国中最大的一条道路了。路上铺了一层叫做“ISHIGU”[1]的琉球石灰岩粉末，所以整条大道映照在南国阳光下时格外的纯白洁净。绫门大道的“绫”字意为“美丽”，道如其名，美丽雅致的大道穿过红色的城门直达首里城前。写到这儿大家都明白了吧。历经四百多年，这条寒川街见证了东亚南海的繁荣兴衰史，是琉球王国的第一国都大道。

我一路走过来的这条从慈眼院通向那霸方向的道路，途经崇元寺直达王国的玄关口泊港和那霸港。

我边走边联想着当年的场景。

资源匮乏的琉球当时只能依靠海外的物产。古时候，人们把从海对岸船运过来，或者是被大海冲过来的东西叫作寄物

---

[1] ISHIGU：日文为イシグー，琉球语，意为石粉。ISHIGU是一种磨碎的珊瑚礁细沙，用于道路铺设。

（YUIMUN），十分珍惜地在生活中取用。

现代琉球文化里从饮食文化到建筑、信仰、艺术，生活的方方面面所用到东西和样式，几乎都是通过这种方式逐渐演变过来的。有时外国的国民也会作为寄物到访琉球。有商人、陶艺工人、医生、学者、思想家、宗教信徒……乘着黑潮而来的人们给这个小岛带来了各种各样的知识和最先进的技术。

这些寄物通过绫门大道进城。说起来这条道路可谓成就了琉球的文化。不过事情不仅限于此，在文化新气象进入这条大道的同时，灾难也被一并带了进来。

一六〇九年，穿着武装铠甲的众多萨摩兵就是通过绫门大道进军王城的。一八三五年，东印度舰队司令佩里带领二百多名武装兵、军乐队，拖着三门大炮进驻首里城时走的也是这条路。

一八七九年三月，受明治政府之命的松田道之，依“废琉球国，设冲绳县”的太政官令，率四百步兵大队和百余名巡查进入首里城，毁灭了几百年历史的琉球王国时，也是这条大道敞开了世代交替的历史大门。

时光又过了六十六年，见证着悠久历史长河的绫门大道终于在“钢铁风暴”之后被摧毁得面目全非，就连绫门大道这个名字也变成了一个历史遗物。绫门大道这段路现在和其他道路统括在一起叫做寒川街。

现在，绫门大道用柏油铺设，一路通向首里城前的十字路口，再往前是用打碎的琉球石灰岩铺成的白色道路。

寒川街的末端在守礼门前，再向前是首里城公园的散步道。

穿过王族的礼拜场所——园比屋武御岳石门，右手边是欢会门、瑞泉门、久庆门等城池内美丽的正门。

在这里映入眼帘的所有建筑物都是世界遗产登记在册的一级建筑。但是我不会真的走上前去，因为明知其景观绚丽而故意选择无视默然走过的时髦做法，才更能享受这其中难得的奢华感。

道路左转穿过弁财天堂和円觉寺的遗迹之后，右手边有一条道路通向小巷。因为距离首里城很近，附近有面向观光客开的琉球料理店，所以这里人群来往密集。但别说那条小巷了，几乎所有人连住宅区都注意不到就匆匆经过了。坦白讲，我以前也是一样。

我知道这一片区的存在是在去年末。在前往对面冲绳县立艺术大学首里当藏校区召开的“ABAKO EXPO 2012”展览会时发现的。

ABAKO是这所大学的偶像，十八岁，在粉丝之间相当有名，当地报纸和网络都有过报道。听说活动现场会展出她的照片、以她为灵感的插画、雕刻、CG等展品，所以我就急匆匆地赶过去了。回家的路上我碰巧发现了小巷的入口。

为了不让大家有所误解我要先申明一下。ABAKO其实是一只三色猫，她是校园里的明星猫。说她十八岁其实也只是猜测的。若是真的，那就相当于人类的八十八岁，是只米寿高龄的猫咪了。

据说她入住大学时间已久。当年在研究室附近的阴暗角落生小猫时，受到大学里的小林纯子教授照料，从此与大家相熟。如今已经一起相处了十四个年头了。现在学生们也很宠爱她，这次的企划展览也是学生们操办的。

去了会展我才知道原来经常有人把猫咪丢弃在大学里，除了ABAKO以外，校园里还有很多猫咪，她只是其中资格最老的一只。大学里有很多地方可以避雨，也有很多人照看，或许对猫咪来说确实是一个便于生活的环境。ABAKO平时就呆在研究室、校园中庭的长椅上，或者入口大厅里休息，要不就和学生们一起玩。

不过大学毕竟不是什么饲养基地，但又不能放着不管。听说学校里的学生和老师通过募捐活动筹钱给之后出生的猫咪们做绝育手术。那些丢弃猫咪的人的良心都去哪儿了？

会展上有ABAKO的纪念品，带ABAKO插图的明信片，写满了给她的寄语的书册类作品等等，是个很值得一看，让人印象深刻的活动。

可惜我没有荣幸能够一睹ABAKO本尊的尊容。不过从照片上看起来她毛色漂亮，体态矫健，实在看不出是一只米寿之年的猫咪。是因为大家对她的关心照顾，她才能这么健康地成长着吧。

ABAKO爱着大家，也被大家所喜爱着。因为她有幸出生在冲绳，才能获得这样的幸福。

话题扯回艺术大学门口的那条小巷。

我经常会幻想古代首里街道的样子，而且习惯性地一旦开始思考这些，就会像是被什么东西附体了一样陷入沉思。

说起古代首里的街景，冲绳代表性历史学家山里永吉先生的著作《壶中天地》(琉球文库出版社）一书中有这么一段话：

> 如果首里的街道能像战前一样原封不动地保存下来的话，冲绳将成为一个不输给京都、奈良、日光的观光胜地。

他还在书中这么描写过："首里街巷的那种美丽有其他地方无可比拟的独特味道。"而且，书中前面才说冲绳的美丽和奈良不相上下，可实际到访奈良时，他又说："果然还是首里更好一些。"他对他的导游也说过"首里是特别的"。

还有很多其他书籍也记述了古代的首里。医生吉田朝启先生曾在《冲绳战和最后的一中生》的栏目里，这样描写过绫门大道：

> 曾经这里的北侧是王族的府邸，南侧是王陵和寺庙。王城被厚重的石墙所包围，深深地覆盖在亚热带照叶树的大宅林里。

在新屋敷幸繁先生总结的佩里舰队记录《琉球历史物语》(月刊冲绳出版社）中也有写道："大道用石头铺设而成，十分壮丽，两旁被石头高墙围绕，高耸的石墙遮住了周围的府邸，花园就在石墙内侧。"

过去的首里街道美丽得不论是当地人还是外国人都赞不绝口。可惜照片在冲绳战中都被焚毁了。那时彩色照片还没有普及，没能留下什么战前首里的鲜明照片。因此，我们才疯狂地想知道这座王城曾经究竟有多漂亮。不过也只能靠做梦幻想实现了。

我幻想中的首里街景是这样的：

> 大道两侧的房屋外有琉球石灰岩做成的石墙环绕，石墙上黄色、红色的可爱小花压出墙头。庭院植被后面是一片福木林高耸入蓝天。
>
> 民宅门户之间是用磨碎的珊瑚白沙铺成的小路。鞋跟敲打在小石路上踢踏作响，美妙至极。琉球瓦屋檐上，小猫咪们慵懒地躺在向阳处午睡。

这如童话一般的风景就出现在我前面提到的小巷深处。只不过，房屋没有统一成红瓦，路面也是现代的柏油马路。但是，不管走到哪里沿街的墙壁都是一片沁人心脾的绿色植被。更让人惊艳的是，繁花点缀着小村落沿途的小路，吸引路人走进一些再走进一些。

半年前第一次来这儿的时候，鲜艳的紫色叶子花给我留下了深刻的印象。季节转换，现在另一种花朵正开得旺盛。

黄钟花，日文名大花有明葛（又名黄婵花），经常可以在冲绳的民宅围墙上看到这种花。它和扶桑花很像，都有五片大花瓣，是大朵花卉。因为这种花卉和冲绳旧宅屋顶很配，耀眼的纯黄映照着赤红色的屋瓦和湛蓝的天空，在像今天这种风和日丽的天气下就显得格外漂亮。

小路深处的黄钟花和篱笆墙上的长春花竞相开放。庭院植被养护得当，当作围墙使用的成排树木枝叶修剪得十分整齐。

纵横交错的小路大约一米宽左右，路面洁净，没有一点垃圾。

“这儿总是很干净呢。”我呆呆地看着这片宁静的土地。不知是不是因为这片土地就在王城之下，所以人们的审美意识也特别强，这个村落的每一个区块都像是园艺装饰过一样美丽。

就在小巷尽头前的一户人家里，围墙外摆着一个爬满了藤蔓类的热带花木的棚，形成一个天然的隧道遮蔽了小路上方的天空。阳光透过草木间的缝隙落了进来。

我忍不住地被吸引了过去。我第一次来这儿的时候看见的是叶子花的隧道，而现在整片的黄钟花。

“是花朵更衣了啊……”

真是太“可恨”了，这么一来，我不是得每次特意过来赏花了吗？

黄钟花的花语是“坠入爱河前”。关于花语的由来我没有调查过，但看到如此鲜艳的花朵时我就没由来地领会了。

“是这样啊，爱恋吗……爱恋啊。原来如此。”我不禁连连点头，也不知道自己读懂了什么，在“原来如此”些啥。

不知道哪里种了一棵茉莉花树，小路的庭院里飘散着一股香甜的芬芳。突然一只小鸟卖力地吟唱了起来，久久盘旋在我的脑袋上方。

回到家发现犬次朗躺在玄关。看来她心情不好啊……

犬次朗是向田小姐带进我工作室篮子里的玩具之一。她特意从自己当成被窝的篮子里把犬次朗叼出来，放到这里。这个奇怪

夏季天空下的黄钟花。颜色艳丽！

的行为从她过了一岁半之后开始发生。刚开始我以为她是闹着玩的，可不久，她连熊五郎和小羊猿子也丢出来了。当她频繁地重复着这个行为时，我意识到这个“搬布偶”的举动不单单是闹着玩，它是有一定规律的。

我从没见过她搬布偶的样子。也就是说，这个行为在我不在家的时候才发生。另外，我发现我外出时间越长她搬玩具的可能性越大。也就是说这个行为是有意图的。从结论来讲，就是她不满意我长时间出门才做出这样的行为的。

当我晚饭时间还不回家的时候最能看出这一点。当我迟到三十分钟以内的话，她会把犬次朗搬出来，超过三十分钟就搬熊五郎，要是过了一个小时就把犬次朗和熊五郎搬到一起。要是再晚的话，就会搬出四边二十厘米长的小羊猿子。

她一般都把布偶放在玄关，告诉你：“太晚了！”

要是回家时间实在是太晚的话，有时候她会在玄关处放个犬次朗，走廊里放个熊五郎，然后再把小羊猿子踢到客厅里。这种时候，她的忍耐已经达到极限了，她这是在告诉你，“我非常生气！”然后必定会大发雷霆。

最让人担心的是在外住宿家里空着的时候。我提前交代过照看猫咪的人，要是给向田小姐喂饭的时间晚了，她会采取布偶通信攻势的。可照料她的人有一次还是被她丢了一个小羊猿子在玄关。那个时候照看猫咪的人也感到十分惊讶。小羊猿子可比向田小姐的脑袋还大得多，怎么想都觉得她不太可能用嘴叼住它。我也从没见过她怎么搬小羊猿子的。不过现实是它的确被扔到外面来了，想不承认都不行。

话说，话题中的向田小姐正缩在坐垫上呢。离晚饭还有些时间，所以我也不知道为什么犬次朗被扔了出来。难道是想告诉我疫苗在身体里起反应了？

我走上去叫她，她“唰——”地一下爬了起来。四肢张到最大，伸了个大懒腰，然后“呜哇——”打了个超大哈欠。这是她平时起床时的一贯做法，没什么特别之处。

然后，当看到我时，她“喵——喵——喵——”地一阵叫。这是她等开饭时的叫声，这也和平时没什么两样。准确说来，她比平时叫得还要起劲。

“呼，食欲还真是旺盛啊。”当我取笑她时，她立马像抗议一般冲着我“喵——”地吼了一声。

我倒了点猫粮，她立刻就津津有味地吃了起来，不一会儿就见底了。看到她那么能吃我也就放心了。

吃完饭后地例行公事梳理完猫毛，玩了会儿滚猫猫之后又回到坐垫上。把猫毛彻底梳理整齐之后，她团成 U 字形，打算睡一觉。这一切都和平时的行为一样。

都说平凡就是幸福，我和向田小姐现在的关系也是这样吧。回想起了和她共处的三年时光。多亏她来到了我家，我的病开始好转。一想到要是没有向田小姐的存在的话，我现在还是会后怕。真幸运能够遇到她，我打从心底里感谢她。

可是，这之后要怎么办呢？就这样重复着平凡普通的每一天吗？虽然我心里明白这才是幸福的形态，可另一方面我总忍不住想难道自己就这样满足于现状吗？

如果说没有任何新鲜感的日子造就了平凡的一天，那总感觉人生会有缺失。可既然我都漫无目的地生活过来了，那之后估计也不会有什么变化。至此，我的思绪陷入了胶着。

另一件我经常思考的事情就是我现在的生活。在冲绳继续生活幸福吗？我越想就越想不明白，有时甚至会想要不索性带着向田小姐到别的地方去生活算了。但仔细想想“真的有这个必要吗”的时候，又觉得其实似乎也不是。想到最后也没结论。

也许是到了倦怠期。三年的时间说长不长说短不短，有个词叫做“三日三月三年”，就像词里说的这个时间是一个瓶颈，而瓶颈期究竟应该做些什么我也不清楚，

我一定是因为老思考这些得不到结论的事情才会得这种怪病的。“呼——”我叹了口气躺回向田小姐旁边的床铺上。她真的睡熟了。看着她睡觉的样子，不知不觉我的眼皮也搭了起来。

猫咪的叫声萦绕在我的耳旁。不，不对，是睡觉前听到的猫咪的叫声跑到梦中来了。

“向田小姐？”

一瞬间，胸口好闷，耳鸣不已，感觉鼓膜受压很严重。

啊，完了！刚这么想就发现自己身体完全动不了了，心悸得厉害。

有人溜进卧室来了，用虾虎鱼一般的纤细手指抚摸着我的胸，指尖冰冷。

不是向田小姐，是一个穿着柔软薄衬衣的女人。我笼罩在不祥的预感之中，心跳得更快了。

侧躺着的那个女人盯着我的脸在看。但是，半梦半醒之间我

也不太确定。

“没关系，闭上眼睛。”我刚想睁开眼睛就听到女人的声音如是说道。

那声音，果然是向田小姐。但为什么是人类的样子？

我想开口询问可是发不出声音。

不用说出来。

主人，我今天有些不开心的事。我很讨厌打针。我怕痛，那个针又很恐怖。我知道不打针是不可以的，我也很清楚你是为我的身体健康着想。

我不会怨你的。我很感激。

但是，可能今天的药效太大了。真的很辛苦。可主人你却放着我不管自己跑出去了。

我非常不安。毕竟第一次出现这种症状，我很害怕。

你明明知道我身体不舒服，为什么还丢下我一个人。

主人。

你自以为我应该没事，对吧？让我说中了吧。

你为什么这么认为呢？因为我是猫咪你是人类吗？因为你觉得动物恢复起来比人类快吗？这话是谁说的啊。这只不过是人类的判断标准罢了。

刚才你还在想三年时间说长不长说短不短呢，是吧？

我告诉你我为什么知道你的想法哦。因为猫咪是千里眼，我的眼睛能看穿人类在想什么。

要不是有这种能力，不管是什么动物都生存不下去的。主人你平时不也说过吗，人类是不知道会做出什么行为的动物。

三年究竟是长是短，这也是人类的标准，不是主人的判断标准。

听明白了吗，把手放在胸口上仔细想想。

猫咪以接近人类四倍的成长速度迅速老去。这种事，主人你应该比我还清楚吧。

我的三年是人类的二十八年。主人你可能觉得我只不过陪了你三年，可在我看来我可是陪了你快三十年了。这时间还不算长吗？

而且猫咪的寿命只有十五年。听好了，几乎所有的猫咪都比主人死得早。你不觉得我们的命很短吗？不觉得我们的命运很值得同情吗？

我和主人真的一起度过了一段很长又很短的日子。每一天都很长又很短。所以请你再多珍惜一些，请再多多宝贝我一些。

至少这种很痛的打完针的日子你要陪在我身边。很辛苦吧，让你受苦了呢，我希望你能这样安慰安慰我。希望你能摸摸我的肚皮，捋捋我的背，爱护我。

可你却抛下我自己出去了。为什么你要这么做？我怎么想都想不通。

主人你过去住过的大阪有这么一句话吧，“京女即便倾慕不爱慕”。说的是京都的女人哪怕喜欢对方，也不会豁出性命爱上对方。不管对方是多么令人爱慕，要是他不关心回应你的话，万一要是真爱上了可如何是好？到时候犯傻受伤的总是女人。所以才说不会沉沦下去，要带着清醒的头脑和对方相处。

猫咪也是一样。我是一只生性豪放的动物，不会按照人类的想法行动。要是太依赖人类的话，一旦被抛弃了就没法生存下去了。不管是什么猫咪都会在信赖主人的同时，冷静地看着对方。

猫也即便倾慕不爱慕。

主人你说过你就是中意猫咪这一点。不止这些，你还要我当老婆嫁过来。

主人。

当我住进这个家的时候，你看起来真的状态很糟糕。在家没有说话的伴儿，工作中也沉默着，一直宅着。这样下去能治好的病都治不好了。

可你在这种状态下还听我说话，照顾我，带我出去散步。

那个时候我领教了人类的仁慈。

心想那我也得倾听主人的话语，决心做一只懂事的乖猫咪。

因为这样我才当你的倾吐对象的。

这是猫咪的仁慈。

主人，我操着一口京都腔是因为我想表达说："谢谢你一直这么宝贝我。不过，我是只猫咪，哪怕再喜欢你也不会爱上你的。可我还是会很重视你的。"

主人，你身体还好吗？有缺什么吗？我能帮上忙吗？

今后你还会更加疼爱我吗？珍惜我吗？一直一直喜欢我吗？

我可是很爱很爱你的。

当我可以发声的时候，一股道不清说不明的感情突然涌上心头，灼热的东西流进了鼻尖，强忍的泪水终究还是落了下来。穿着薄衣的女子指尖伸向我的脸颊，拂去我眼角的泪水。

我听到房间里有人把脚蜷缩起来的声音。当我以为女子撑起了侧躺的上半身时，她柔软的手腕挽着我，把脸埋在我的胸膛上。我能明显感觉脖子上有她呼出的灼热气息。

我僵直的身体突然放松了，我把手伸到她背后想抱住她。可就在这一瞬间，我的身体一下子僵住了。

女子再次在我耳边细语道："主人，你知道这首琉歌吗？"

琉歌？

"琉球的歌谣啦。你就当是内陆的和歌好了。"

女子用独特的韵律吟唱了起来。

"玉黄金无藏 足音缭绕 挽抱之喵"[1]

？？？……

"意思是可爱的女子带着轻盈的脚步走来，梦中醒来刚想抱住她，才发现是猫咪在喵喵叫。"

哈？

"主人，你正想做琉歌里唱的事呢。我是猫啦。喵，喵！"

我刚听到猫叫声，鬼压床就立马好了。

马上推开被子，发现向田小姐在坐垫上左右摇着尾巴叫着：

---

[1] 出自《标音评释琉歌全集》（岛袋盛敏·翁长俊郎编/武藏野书院出版社），作者不详。玉黄金无藏＝赛过美玉黄金的恋人。足音＝脚步声。—作者注

“喵！喵！太迟了！晚饭时间啦！”

小羊猿子沉甸甸地压在我的胸口上。

“你真是……”我无力地耷拉下肩。

“喵！”向田小姐不忘最后补上一刀。

次日早晨，我得到了一个好消息。

池田君的出院日期出来了。他决定暂时一边去医院复诊，一边挑个好时机重开“老爹居酒屋”。

还有——

像是为了庆祝这个好消息一样，冲绳地区的出梅日也公布了。

比往年早九天出梅，夏日真正到来啦。

后记

那霸是"喵霸！"

我和向田小姐的那霸街巷散步记马上就要进入尾声了。

走过了这么多地方，不管是题跋还是散步我都绞尽了脑汁，就在这时本书的摄影担当仲程长治先生提醒我："首里的山川那儿有一条很好的散步道。"

我现在正在那条小路附近的酒店咖啡休息厅里写稿。究竟从何下笔我思考了良久，最终还是觉得必须报告一下"老爹居酒屋"池田君的后续情况。

从去年开始一直在和病魔作战的他在二〇一三年六月二十二日出院了。正巧那天是夏季高中棒球那霸大会的开幕日。

池田君高中时代就是棒球队的，自然非常喜欢棒球。他能从那场大病中安然走出来肯定是因为他那从高中起就锻炼出来的异于常人的体力帮助了他。

如此一来，没有比观看高中棒球比赛更适合搞"出狱"庆祝会的了。池田君和女友一办完出院手续就赶到冲绳那霸蜂窝体育场。观战开幕式第一战成了他重回社会的第一步。他俩前面坐着作家下川裕治，他是我和池田君的共同好友。还有些现居东京的朋友也来助阵了。

出版过《南岛甲子园八重山商工的夏天》（双叶文库出版社）一书的下川先生是一个狂热的高中棒球粉丝，这些年从未缺席过冲绳地区的预选赛。今年夏天也是等比赛等得脖子都长了。这次为了配合池田君出院的日期特地跑到冲绳来的。

都说出梅之后晴十天，说得一点都没错。在太平洋高气压控制下的南西列岛，这几天的天气是一年之中最稳定的。

碧空如洗，亚热带的阳光从天空火辣辣地照在广场上，像是开启了晕光模式一般。在这最纯正的冲绳盛夏景色中，清爽的海风拂面而过。

天气真好啊……

看着发出清脆声响的白球消失在天空中，我心满意足地忍不住大声叫喊："舒服！"

池田君呼吸着夏天清爽的空气，"从今天起自由啦……"他悠悠说道，沉浸在时隔已久的释放感中。对他来说今天也是个风和日丽的出狱日。

看着广阔无边的湛蓝天空，我心中不免想起了另一片蓝天。

今年入春前，我和向田小姐投宿在壶屋花园屋。投宿地本不让带宠物进去的，但因为是管理人直子小姐把流浪猫向田小姐捡回家饲养的，所以向田小姐得到了特殊待遇，被允许在时隔三年之后回老家看看。

对我俩来说，这是我们第一次在外住宿旅行，变成了值得纪念的新婚旅行。说起来那天的那霸天空也格外的晴朗。

那天直子小姐感触很深。她一把抱起已经长大，几乎认不出来了的向田小姐，看着看着眼泪就跑了出来。那时候，向田小姐乖巧地让她抱着，乖得我都以为这是我从别处借来的别的猫咪呢。平时她明明除了我以外不让其他人抱的，难不成她也感觉出了什么？

看着她俩那样子我心中百感交集。回想过去三年的岁月，我突然发现一件事。从相亲到嫁到我家、再到典子失踪、避孕手术，还有像被什么东西附身了一般一路在街道里散步探险，和向田小姐相关的回忆背后总有一片分外湛蓝的天空。

在那样的场景下，街巷里的岛猫们纷纷露出它们的身影。而这每一幕都是从我和向田小姐相遇之后开始的。

我再次认识到，若不是向田小姐出生在这个世界上，那我每天得过得多么空虚啊。

若不是遇到了岛猫们，那我的每一天得过得多么空洞啊……

忽然出现在我面前的岛猫们总是引导我通往光明的大门前。或许我和向田小姐在街巷里的散步旅行就是一场不断推开光明大门的旅途。

每每遇到岛猫，看着它们上演坚强生存的剧目时，背景里的蓝天总是广阔无边。换句话说，这风景背后的始末才是本书的故事。

幸运的是，那霸是野猫的天堂、街巷乐园，这无限的至高蓝天剧场今天也到处上演着一场场剧目。

是的，“那霸”就是“喵霸”。不管别人在背后怎么指指点点，不管他们觉得我多奇怪，我都不打算放弃继续钻进巷子里探险。

最后，我要深表歉意。抱歉我这任性过猫咪的脾气，把截稿日整整延迟了一年多，背叛了相关人员的期待。会变成这样是事出有因，期间我从没有忘记过要写这个稿子。

记录下我和妻子向田小姐的缘分以及和岛猫们的缘分的摄影师仲程长治先生，插画家高野纯一先生，真的非常感谢你们。本书能够出版多亏了双叶出版社书籍编辑一部的竹原晶子小姐作出的贡献。我感铭肺腑。

总之，总算截稿了。接下来我打算和向田小姐去街巷散步。

各位，抱歉啦。

二〇一三年九月吉日于日航那霸大城堡酒店

仲村清司

※ 本书是未经连载的单行本。登载的照片是采访当时的照片。

对于出场的猫咪描写是基于取材内容，加上作者部分的创作添加而成。

为了追寻街巷里和岛猫们的新际遇，今天也要出门散步。
那霸漂流记还将继续。

那霸街巷的闲逛景点推荐

*信息数据截止于 2013 年 8 月末。

● 壶屋

【育陶园】那霸市壶屋 1-22-33，www.ikutouen.com。壶屋烧的著名烧窑。新作品丰富，有体验教室（需要预约）。

【café 茶太郎】那霸市壶屋 1-8-12。壶屋散步时最合适的休息场所。用岛上蔬菜做的咖喱是人气美食。

【壶屋花园屋】那霸市壶屋 1-13-19，tsuboya-garden.com。在那霸散步时愿意当作基地的旅馆。庭院咖啡也开张了，可以享受到营养健康的午餐。

【壶屋荞麦面屋】那霸市壶屋 1-6-14。有几十种料理的大众食堂。珍品大虾荞麦面是必尝的美食。

【真南风丸胜】那霸市壶屋 1-21-11。里头有许多漂亮的窑瓷和织物，可以散步顺道过来挑选礼物。

● 新天堂街～冲映街

【云雀咖啡屋】那霸市牧志 1-2-12，理容高松后面，hibariya.blog66.fc2.com。猫咪聚集的小巷露天咖啡屋，可以喝到花茶风味咖啡。

【肉桂咖啡】那霸市牧志 1-4-59。享受曲奇和红茶的时尚空间。营业到深夜零点。

【JUNKU 堂书店那霸店】那霸市牧志 1-19-29，D-NAHA1F-3F，www.junkudo.co.jp。冲绳相关藏书丰富，散步的时候喜欢顺道去逛逛的地方。

【土 BAR】那霸市牧志 1-3-17，tsuchi2009.ti-da.net。向田小姐也常去的后巷里的著名酒吧。很有多自创的鸡尾酒，同时也是夜晚的咖啡店。

【Panacea】那霸市牧志 1-1-22-1F。可以在这里解除旅途的疲惫，是那霸市首屈一指的精油按摩 & 美容沙龙。

【混面麻本吕婆（mahoroba）】那霸市牧志 1-2-17。有就着浓厚汤底吃的新式面条。饮料种类也很多。

● 浮岛街～市场大街

【内-丸】那霸市1-7-20。运用了大量岛上食材的创意料理是店里的特色。午市套餐也超级好吃。

【cafes treet CHATAN COFFEE】那霸市松尾2-9-7。街巷风情满载的咖啡店，可打包外带。

【Kukuru】那霸市松尾2-12-14，donburikukuru.ti-da.net。可品尝到日本荞麦面和日式盖浇饭。请一定试试他家的咖喱猪排饭！

【商六】那霸市牧志3-4-1。想要打包饭团、家常菜回家吃的就来这儿。别忘了买花生豆腐。

【猫之家】那霸市松尾2-6-10，www5.hp-ez.com/hp/oknekonoie。各式趣味猫咪玩具商品齐全。他家的招牌猫也很可爱。

● 泊～新都心

【at Room ONE】那霸市泊1-15-9，atroom.ti-da.net。品位超凡的和式洋式杂货屋。向田小姐用的餐盘就是在这儿挑的佳作。

【IYUJI】那霸市泊1-26-12。专门使用县产海鲜的居酒屋。招牌鱼骨汤是必点的料理。

【Kiro弁】那霸市泊2-4-3。泊高桥大厦1F，kiroben.ti-da.net。成排放着总重量1 kg的便当。体格强健的散步人御用的超大量便当屋。

【玉菜食堂】那霸市安里492-3。应该留存后世的纯冲绳风格的大众食堂。推荐猪肉荞麦面和芥菜套餐。

【Paradise Noir】那霸市泊2-15-4。夜间散步时的红酒吧。店内精致，还可享用雪莉酒。

【泊罗基诺食堂】那霸市泊3-14-4。我常点的是大东寿司、寿喜锅、黄咖喱饭。去过好几次的横纲级食堂。

【山原蔬菜咖啡篦子草】那霸市泊1-34-20，DM大厦2F，masako.ti-da.net。推荐小岛蔬菜丰盛的午市套餐。店里还有卖蔬菜和县产的茶叶。

荣町市场

【老爹居酒屋】那霸市安里379–21，荣町市场内，bachikunrock.ti-da.net。向田小姐常去的街巷居酒屋的名店。现在只有周末营业。营业日具体请查看博客。

【生活质馆】那霸市安里399–1，荣町市场内。可品尝到欧式原创料理和意大利面。店内不定期举办小型音乐会。

【南美料理SUDAKA】那霸市安里384–5，荣町市场内。可享用南美家常菜。智利馅饼（南美风味的派）是必点品。最好先预约。

【便利屋】那霸市安里388，荣町市场内。饺子摊的鼻祖。电视里也介绍过的能吸出骨髓的猪骨也是这里的人气美食。

【荣町狭口】那霸市安里385，荣町市场内。荣町市场的权威居酒屋。汤汁清澈的冲绳荞麦面是这里的著名料理。

【万富】那霸市安里379，荣町市场内。长寿料理的殿堂。使用田芋做的芋艿汁和药膳是人气美食。

首里寒川街附近

【首里 堀川】那霸市首里真和志町1–27。首里城底下的小巷深处的冲绳荞麦面名店。推荐家乡菜套餐。

【Pocket Marnie】那霸市首里寒川街1–4。印度风味的鸡肉咖喱是必吃的佳肴。辣度可以选择。

【日航那霸大城堡酒店】那霸市首里山川町1–132–1，www.hotelnikkonaha.co.jp，在酒店里面有位置极佳的一座恬静的咖啡店。在首里散步的时候一定会想去的地点。

【山城馒头】那霸市首里真和志町1–58。有卖用艳山红叶蒸的馒头，是收到会很开心的土特产，也很适合散步的时候带着吃。

其他 久茂地·泉崎附近

【竹茂 那霸店】那霸市泉崎1–22–5，www.chikumo.net。说到铁板烧烤串除了京都祇园店就是这里了。极品石板牛筋肉是最推荐的一道佳肴。

【KARAKARA 和 CHIBUGWA】（冲绳语，意为酒壶和酒杯）那霸市久茂地 3-15-15，bar.ti-da.net。酒吧餐厅，用岛上素材创作的料理很好吃。冲绳特产酒——泡盛的种类之全可谓县内第一。

图书在版编目(CIP)数据

冲绳·和岛猫一起散步/(日)仲村清司著;沈叶菁译. —上海:上海译文出版社, 2015.6
ISBN 978-7-5327-6935-3

Ⅰ.①冲… Ⅱ.①仲… ②沈… Ⅲ.①散文集—日本—现代 Ⅳ.①I313.65

中国版本图书馆CIP数据核字(2015)第038143号

SHIMANEKO TO ARUKU NAHA SUJIGUA

First published in Japan in 2013 by Futabasha Publishers Ltd., Tokyo
Simplified Chinese translation rights arranged with Futabasha Publishers Ltd.
Through BARDON-Chinese Media Agency.

图字:09-2014-582号

冲绳·和岛猫一起散步

[日]仲村清司 著 沈叶菁 译
责任编辑/刘宇婷 装帧设计/PiKA工作室

上海世纪出版股份有限公司
译文出版社出版
网址:www.yiwen.com.cn
上海世纪出版股份有限公司发行中心发行
200001 上海福建中路193号 www.ewen.co
上海译文印刷厂印刷

开本890×1240 1/32 印张9.25 插页4 字数127,000
2015年6月第1版 2015年6月第1次印刷
印数:0,001—5,000册

ISBN 978-7-5327-6935-3/I·4199
定价:45.00元

如有质量问题,请与承印厂质量科联系。T:021-56476717